亦舒作品

承欢记

亦舒

- 作品 -

08

湖南文艺出版社
HUNAN LITERATURE AND ART PUBLISHING HOUSE
博集天卷
CS-BOOKY

承欢记

目录

承欢记

壹·

麦承欢的世界愉快，健康、欢乐，她没有机会接触到这个都会成长期的阴暗面。

下午七点，亚热带的夏季天空还未完全暗下来，这正是所有人归队回家的时候。麦承欢下了车一抬头，只见整座屋村灯光已亮起一半，那幢廉价租屋看上去犹如挂满珠宝璎珞的宝塔。

她从来没有第二个家，她在此出生、在此长大，一直没有离开过。

承欢与父母及一个弟弟同住，麦宅面积虽小，设备还算周全，最幸运之处是窗口面对南中国海，天气好的时候，蓝天碧海，一望无际。

初搬进来，许多亲友都讶异了：“廉租屋竟有此美景，真是政府德政。”

这政府的德政还不只如此，承欢自小学到大学，从未付过一毛钱学费，全免。毕业后，名正言顺考进政府机关做事，回馈社会。

麦承欢的世界愉快、健康、欢乐，她没有机会接触到这个都会成长期的阴暗面，她只享受到它健全成熟的制度。

她代表幸运的一代。

今日与往日一样，她从办公室回家，刚好来得及吃母亲煮的可口家庭菜。

在电梯中她碰到相熟的邻居，像麦家一样，他们也在此地住了好几十年。

承欢听见黄太太朝她打招呼，并且打趣说："你们早是富户了，还住在此地？必是贪风水好，所以你同承早都会读书。

承欢但笑不语。

承欢老觉得不说话是最佳社交礼貌，这些太太的言语背后往往又有另一层意思，赞美固然不假，挖苦却亦有诚意。

对长辈要客气，宁可他失礼，不可我失态。

另一位甄太太也说："承欢，你妈刚挽了一大篮菜上去。”

她的小孙子伸手来拉扯承欢手袋上的装饰穗带，甄太太连忙阻止。

“喂！”她大声说，“那是名牌手袋，切莫弄坏。”停一停笑道，“是不是，承欢？”

承欢见电梯已到十七楼，连忙笑着道别，一个箭步踏出去。

母亲打开了厨房门正在炒菜，一阵香直扑出走廊，承欢深深吸气。

谁说这不是人生至大安慰，下了班回到家知道有顿安乐茶饭在等着她。

她知道有许多独居的同事回到家只能喝矿泉水吃三明治。

像好友毛咏欣，回到公寓踢掉鞋子便只有一杯威士忌加冰，承欢笑她，不到三十必定变成酒鬼。

一次咏欣问承欢：“伯母会不会做蛋饺？我已三年没吃蛋饺了。”

可怜，连承欢的母亲都为之恻然，立刻做了一大锅叫女儿带去给她。

承欢在门前扬声："承早你在吗？"

承早过来替姐姐开门。

所谓客厅，不过弹丸之地，放置简单家具后已无多余空间，成年人振臂几乎可同时触摸两面墙壁，可是这狭小空间从未引起过承欢的不快。

是因为一家四口非常相爱的缘故吧。

父母总是让着子女，姐姐愿意迁就弟弟，弟弟性格温和，并且都懂得缩小个人活动范围。

承欢斟了一杯冰茶喝，小冰箱放在沙发旁边，十分方便。

麦太太探头出来："回来了？"

承欢嘴角一直带着一抹笑："是。"

"交通如何？"

"挤得不得了。"

承早看到那笑容，探过身来研究姐姐的面孔，承欢闻到弟弟身上汗臊，连忙掩鼻。

她叫嚷："打完球就该淋浴，那双臭胶鞋还不拿到露台去晾干。"

承早却拍手道："看到了看到了，妈妈，姐姐手指上戴着钻石戒指，辛家亮终于向她求婚了。”

麦太太当一声丢下锅铲，熄了石油气炉火，嗒嗒嗒地跑出来：“承欢，可是真的？”

承欢看见母亲额角一圈亮晶晶的汗珠，每到夏天，在厨房里的主妇必定个个如此，她不禁一阵痛惜，连忙起来用湿毛巾替母亲揩汗。

麦太太怔怔地握着女儿的手，迎着灯光，仔细看承欢手指上的指环：“咦，怎么钻石都不亮？”

承早在一旁起哄：“莫是假货？”

承欢笑：“方钻是比较不闪亮。”

“快去换一颗圆大晶莹的，钻石不像灯泡有什么意思。”

“妈，那些都是细节。”

麦太太一想，可不是。

大事是，女儿要结婚了。

所有埋葬在开门七件事底下的陈年旧事、陈芝麻烂谷子，通通一下子翻腾出来。

麦太太真不相信时间会过得那么快。

小小的承欢开步学走蹒跚的样子还历历在目，她小时没有头发，人们总以为那圆脸婴孩是男生。

很快麦太太又有了第二胎，眼看承欢四岁多便要做姐姐，心中十分怜惜大女儿，一直抱手中，直到腿肿，遵医生嘱，才比较肯放下承欢。

承欢第一张在照相馆拍的照片还挂在房中，穿着粉红色新裙子，梳童花头……今日却要结婚了。

她知道承欢同辛家亮约会已有一段日子，没想到那么快谈到婚嫁。

“不是说现在流行三十多岁才结婚吗？”

“家亮已经三十岁了。

“啊，这么说，是他比较心急？”

“妈，一切只是顺理成章，没有人不耐烦。

“那，一切事都办起来了？”

承欢有点意外：“办什么事？”

麦太太吃惊：“租赁新居、布置新房、备酒席、做礼服，什么，你不知道？”

承欢笑了：“我俩办事能力不错，请别担心。”

承早在一旁说：“聘礼，别忘记问他要聘礼。”

承欢转过头来：“收了礼金，你得跟我过去做陪嫁工人。”

承早一愣："有这样的事？"

"经济学上以物易物的道理你不懂？"

麦太太问："你见过辛家伯伯、伯母没有？"

"我们一直定期喝下午茶，对，双方家长也许得见个面，妈，你几时方便？"

麦太太这时才想起厨房还有未炒完的菜，连忙跑进去重新开炉头。

承欢跟在母亲身后，那一日做三餐饭兼负责茶水的地方其实容不下两个人，四个角落及墙壁架上堆满食具，地上一角还有尚未整理的蔬菜水果。

承欢进出这间厨房千万次，次次感慨煮妇不易为，自小到大都在想：有个大些的厨房就好了。老式廉租屋并无煤气管喉设施，只能用一罐罐的石油气，用罄了叫人送来，麻烦至极。

她一直想替父母搬一个舒适宽大的家，可是成年后很快知道那是奢望。

以她目前收入，未来十年节衣缩食都未有机会付出房价首期，况且，现在她又打算组织小家庭。顾此失彼，哪里还有暇兼顾父母。

承欢低下头，有点羞愧，子女是不感恩的多，她便是其中之一。

麦太太抬起头来：“听你说过，辛家环境似乎不错。”

“是，家亮父亲开印刷厂。”

“多大规模？”

“中型，雇着二三十个工人，生意兴隆，常通宵开工。”

麦太太说：“生意生意，所以说，打工一辈子不出头，像你爸——”

承欢连忙截住母亲：“像我爸，勤奋工作，热爱家庭，真是好榜样。”

麦太太也只得笑了。

那晚，户主麦来添加班，没回来吃饭，只得两姐弟陪母亲。

不知怎的，麦太太没有胃口，只坐在一旁喝茶。

承早问：“姐，你搬出去之后，房间让给我，我好自客厅搬进去。”

承欢答：“那自然。”

承早先欢呼一声，随即说：“不过，至多一年光景，考入大学，我会去住宿舍。”

麦太太大吃一惊。

这么说来，不消一年光景，她一对子女都会飞出去独立，这里只会剩下她同老麦二人。

承欢已经累了，没留意到母亲精神恍惚，淋过浴，靠在小床上看报纸，稍后，一翻身，竟睡着了。

那时还不过九点多，四周正热闹，邻居各户鸡犬相闻，电视机全播放同一节目，麻将牌声此起彼伏，车声人声飞腾，有时还隐约可听见飞机升降轰轰。

可是麦承欢只有一个家，自婴儿期起就听惯这种都市交响乐，习以为常，睡得分外香甜。

麦来添回到家里已是十一点。

“今日算早。”他脱了司机制服。

麦太太抱怨：“早两年叫你买一辆计程车来做，好歹是自己生意。你看，眼看牌照由七十多万涨到两百多万，不会发财就活该穷一辈子。”

麦来添纳罕：“今日是谁令你不高兴？”

他知道妻子脾气，全世界得罪她都不要紧，到最后丈夫是她的出气筒。

“五十出头了还在做司机，没出息。”

麦来添搔搔头皮：“你有心事，说出来大家商量。”

麦太太终于吐出来：“承欢要结婚了。”

“哎呀呀，这是喜讯呀。”

麦太太忽然流下泪来。

“你是不舍得吧，又不是嫁到外国，每晚仍叫她回来吃晚饭好了。”

“你这人头猪脑，竟一点感触也无，你叫女儿承欢膝下，这么些年来，她都做到，可是试问你又为她做过什么？”

麦来添丈二和尚摸不着头脑：“喂，什么我做啥你做啥，父母子女，讲这些干什么？”

他妻子抹干眼泪：“承欢有你这种父亲真是倒霉。”

麦来添觉得这话伤他自尊：“你今日分外无理取闹。”

他自去沐浴。

回来又忍不住问：“是辛家亮吗？”

“是。”

“那孩子好，我很放心。”

“是，承欢总算有点运气。”

“那你吵些什么？”

“辛家家境不错。”

“那才好呀，求之不得。”

“我怕高攀不起。”

麦来添不由得光火：“不是你嫁过去，你不必担心自卑，是承欢嫁辛家亮，承欢乃堂堂大学生，品貌兼优，配谁不起？”

麦太太不语。

“咄！”麦来添说，“人家不是那种人，你莫多心，你若那样想，对辛家也不公平，现在有钱人多数白手起家，绝少看不起穷人。”他停一停，“穷人也不妒忌富人，张老板与我，不过坐同一辆车耳。”

麦太太见丈夫如此豁达，不禁破涕为笑。

四周终于静下来，灯光一家家熄灭。

电视还在报道午夜新闻：“整个楼价跌一至三成……中美贸易战消弭有望……最大宗制冰毒案宣判……”

第二天中午，麦承欢见到未婚夫，笑道：“戒指可不可以换？”

辛家亮讶异：“为何要换？”

“家母说钻石不亮。”

“我以为你说亮晶晶太伧俗。”

承欢赔笑。

“你爱怎样均可，不过换来换去兆头不好。”

承欢看着他：“给你一个警告，有何不妥，记住女方亦有权随时改变主意。”

辛家亮笑：“我一向知道女方权利。”

承欢握住他的手：“我很幸运。”

辛家亮把承欢的手贴在脸旁：“生活中运气只占小部分，将来你包办洗熨煮之时便会知道。”

承欢像是忽然看到了生活沉闷的一面，不禁黯然。

辛家亮犹自打趣：“幸亏你叫承欢，不是贪欢。”

承欢低头不语。

辛家亮说：“我父亲说下礼拜天有空，双方家长可以一聚。”

“我回去问问爸妈可有事。”

“或许可以告假？”辛家亮暗示。

“他老板不喜别人开车。”

辛家亮忙不迭颔首：“那倒也是。”

承欢抬起头：“不知怎的，我老觉得母亲并不高兴。”

“啊？家母可是兴奋到极点。”

这是真的，承欢为此很觉荣幸。

“我已取到门匙，如果有空，偕你去看新家。”

承欢知道这是未来公婆送给他们的结婚礼物：一幢簇新的公寓房子。

不是如此，二人可能没这么快有资格谈论婚嫁。

承欢说：“真不知怎样道谢才好。”

“我想不必，他们不过想我们快乐。”

“树大好遮阴。”

“这倒是真的，前年姐姐出嫁，妆奁也相当舒服。妈说女孩子手头上有点钱，比较不受人欺侮。”

承欢笑道：“糟。”

“什么事？”

“我没有钱。”

承欢一看到那幢公寓房子就喜欢得不得了，朋友中有特别讲究品位者像毛咏欣只住旧式楼顶高的房子，可是承欢喜欢新屋，喉管洁具窗框都是簇新的，易管理。

公寓面积不算小，约一千平方尺[1]，两个房间，客厅还

[1] 一千平方尺：约111平方米。

有一角海景，对着鲤鱼门，推开窗，刚好看到一艘豪华大游轮缓缓驶进海港。

承欢心花怒放："小学时候读地理，知道东有鲤鱼门，西有汲水门，当中是一只碗似的维多利亚港，可是要到今日才目睹实况。"

辛家亮把门匙交给承欢。

"由你来布置如何，姐姐说，她想送整套家具给我们。"

"不不不。"承欢忙不迭摆手，"我们应当自力更生。"

家亮自口袋中取出一只信封："这是某家具公司五万元赠券，多余少补。"

"唉，那我们岂非可以免费结婚？"

辛家亮得意扬扬："运气好得没话说。"

"看得出他们是真想你成家。"

"三十一岁也还不算是老新郎吧。"

承欢看着他笑："如无意外，长子或长女大学毕业时，你就是五十五岁左右。"

"那很好，很理想。"

家亮看看时间，大家都要赶回办公室。

第二天，承欢同好友毛咏欣来参观新居。

连一向挑剔的毛毛都说：“恭喜你嫁入一门高尚人家，辛氏显然懂得爱惜子媳。”

承欢说：“是。”

“相信你也知道，许多父母看见子女有什么便要什么，又怂恿弟妹去问兄姐拿，非要搞得民不聊生才甘心。”

承欢说：“我父母虽穷，却不是那样的人。”

毛毛答：“会花一个下午做蛋饺给女儿朋友吃的伯母，自然不是那样的人。”

承欢笑：“谢谢赞美。”

“我也有母亲，相信亦有空煮食，可是我吃不着。”

“你的脾气倔，不易相处。”

“承欢，你的脾性也不见得特佳呀，发作起来，十分可观，上次为着原则，一张嘴，把那叫马肖龙的洋人骂得愕在那里。”

“不要说骂，我是仗义执言，他涉嫌骚扰女同事。”

“政府里位置调来调去，有一日你做了他的下属，他可不会放过你啊。”

承欢神气活现：“不怕，明年我必升职，届时与他平起平坐。”

毛毛端详她："你会升的，运气来时，挡都挡不住。"

临走时承欢把所有窗户关牢。

"其实呢。"承欢说，"两夫妻要置这样的公寓，还是有能力的，只是省吃省用，未免孤苦，有大人帮忙，感觉不一样。"

毛毛瞪她一眼："我最憎恨一种心想事成的人。"

承欢说："但不知怎的，我有种感觉，家母不是十分高兴。"

周末，麦太太的烦恼升级。

她同女儿说："我会客连像样点的衣服也无。"

承欢连忙说："妈，我立即陪你去买。"

"我不要，那临时买的衣服太像新衣，穿身上十分寒碜。"

承欢笑道："依你说，该怎么办？"

"该先在自家衣柜里挂上一段日子，衣服才会有归属感。"

匪夷所思，承欢觉得这话似毛毛口中说出，母亲怎么了？

麦太太继续她的牢骚："还有体面的皮鞋手袋，都要去办起来，你老爸那副身材，不修饰见不得人，承早——”

承早在一旁直嚷：“我才不相信家亮哥会嫌我。”

他母亲叹口气：“我先嫌自己。”

承欢举起双手：“等一等，等一等。”

麦太太看着女儿。

承欢温和地说：“辛家亮与我一般都是工薪阶级，彼此不算高攀，堪称门当户对，我并非嫁入豪门，一劳永逸，专等对方见异思迁，好收取成亿赡养费。妈妈，你我用真面目示人即可。”

麦来添本来佯装阅报，听到女儿这番话，放下报纸鼓起掌来：“阿玉，听到没有，你的胸襟见解还不如承欢呢。”

谁知麦太太反而发作起来：“我的真面目活该是灶婆模样？我未曾做过小姐？我踏进麦家才衰至今日！”

承欢与承早面面相觑。

麦来添丢下报纸站起来一声不响开门出去。

承欢连忙追出去。

麦来添看着女儿：“你跟来做甚？”

承欢赔笑：“我陪爸爸买啤酒。”

她自幼有陪父亲往楼下溜达的习惯，他一高兴，便在小杂货店买支红豆冰棒赏她。

今日也不例外，父女俩坐在休憩公园长凳上吃起冰棒来。

承欢说：“真美味，世上最好的东西其实不是不贵就是免费。”

麦来添忽然说：“别怪你母亲，她感怀身世。”

承欢一怔：“我怎么会怪她。”

“她一直认为嫁得不好，故此平日少与亲友来往，如今被逼出席大场面，怯而生怨。”

承欢微笑，她希望将来辛家亮也会这样了解体谅妻子。

麦来添搔搔头皮：“光是我的名字，已经无法同亲家公比，听听，辛志珊，多响亮动听。”

承欢苦笑：“爸，你受母亲影响太深了。”

可是她父亲喃喃自语：“来添、来旺，像不像一条狗？”

承欢低下头，真没想到结婚会引起父母如此多感触，顿觉压力。

“比起我们，辛氏可算是富户。”

承欢道：“不，张老板才是有钱人。”

“张某人是巨富。”

承欢道：“可是一点架子也没有，每年过年，总叫我去玩。”

“是，张老板特别喜欢女孩子。”

“往往给一封大红包。”

麦来添问：“辛家夫妇二人还算和蔼吗？”

“极之可亲。”

“幸亏如此。”

“爸，回家去吧。”

“你先走，我还想多坐一会儿乘乘凉风。”

承欢拍拍父亲肩膀。

到了家，见母亲在洗碗，连忙叫：“承早，你双手有什么问题，为何不帮妈妈？”

承早放下书本出来帮忙。

承欢扶母亲坐下，劝说：“我明日替你买几套衣服、皮鞋、手袋，你先穿几回，往菜市场来回来回跑得累了，新衣成了旧衣，就比较自然了。”

麦太太不由得笑起来。

她摸着女儿鬓角：“承欢，你一贯会逗我笑。”

承欢紧紧握住母亲的手。

替母亲置起行头来，才知道母亲真的什么都没有，还有，承早也是第一次添西装。

承欢准备顺带替父亲选购衣服。

毛咏欣说：“我陪你去。”

“不不不。”承欢坚拒，“你的品位太过独特高贵，他们穿上不像自己，反而不美。”

毛毛端详好友：“承欢，我最欣赏你这一点，对出身不卑不亢，恰到好处。”

承欢笑：“咄，本市百多万人住在政府廉租屋里，有十来万学生靠奖学金读书，有什么稀奇。”

“辛某人就是爱上你这点豁达吧。”

“我像我爸。”

“伯母是好似比较多心。”

“唠叨得不像话。”承欢叹口气，“看情形女性老了必然牢骚连篇，乖张多疑，将来你我亦肯定如此。”

“可是她是个爱子女的妈妈。”

“是。”承欢说，“为子女牺牲很大，可以做到九十分，她不会八十分就罢休。”

“那就够了。”

结果承欢仍然邀请好友陪她购物。

一则毛毛同大多数店家熟，可打九折，另外，承欢欣赏朋友的眼光。

一路买下去，账单加在一起，数目可观，承欢有点肉痛。

毛毛看出来，同她说：“都不过是中价货里略见得人的东西，真带你去名店，可得卖身了。”

“赚钱那么艰难，花钱那么容易。”

“谁说不是。”毛毛颔首，“亮晶晶的大学生，摆在办公室里任由使唤，月薪才万多元。”

“世上最便宜的是大学生。”

“可是如果你不是大学生。”毛毛哈哈笑，“却连摆卖的资格也无。”

衣物带回家，最高兴的是承早，哇哇连声，一件件一边试穿，一边自称自赞。

“姐，你看我多英俊，这个姿势如何，可杀死几人？”

麦来添也笑道：“花那么多钱又是为何来，至多穿一次而已，况且我一路在长胖。”

麦太太手中拿着女儿买的珍珠项链，沉默不言。

承欢蹲下来：“妈，为何懊恼？你若不想我结婚，我就把婚期延后。”

麦来添看不过去：“阿玉，女儿迁就你一分，你就古怪多一分，你那小性子使够没有？莫叫承欢难做好不好。”

麦太太开口：“承欢，你真能干，爸妈没给你什么，你却事事替自己办得周全，一切靠自己双手张罗，不像我，我无经济能力，结婚时连件新衣也无，匆匆忙忙拍张照片算数。”

原来是触景伤情，感怀身世。

承欢朝父亲打个眼色，麦来添拖着儿子到楼下去打乒乓球。

承欢心想，幸亏我在办事处已学得一张油嘴，在家可派到用场了。

她把新衣逐件折好挂起，一边轻轻说：“上一代女性找工作是艰难点。”

麦太太说：“你看邓莲如、方安生，年纪还比我略大呢，还是照样扬名立万。”

承欢咳嗽一声：“各人际遇不一样啦。”

“你要好好替妈妈争气。”

承欢笑，她一向觉得最大的安慰是父母从不予她成才的大压力，现在最可怕的事终于来临。

“如何争气？”她试探着问。

“嫁过去之后三年抱俩，好好主持一个家庭。”

承欢怪叫起来：“妈，我不是嫁过去，我是结婚，没有高攀，亦非下嫁，我将继续努力工作，仍然交家用给你，十年之内不考虑添增人口，家务由二人分担，清楚没有？”

麦太太惊疑不定：“谁来煮饭？”

“辛家亮留学英国时学会煮一手好中国菜，他的粤式烧猪肉没话讲。”

麦太太跌坐在椅子里：“你未来公婆知道你们意向没有？”

“他们是新派人，自然明白。”

“承欢，早点生孩子好。”麦太太此刻才展开笑容来，“放在我这里，我帮你带，承早搬出去寄宿，家里有地方放小床。”

“那多辛苦。”

麦太太说：“我喜欢孩子。”

午夜哭泣，挣扎起来喂食，虽然倦得如在云雾中，但看到他们小小的面孔，也是值得，麦太太脸上露出温柔的神色来。

能够照顾外孙真是天大乐事。

“妈，这些事将来再谈。”

麦太太拉下脸来：“你是怕人说你把孩子寄养在廉租屋里吧？”

欸？

欲加之罪，何患无辞。

稍后，承欢同父亲说：“我怀疑母亲的更年期到了。”

麦来添答非所问：“承欢，你出嫁前去见见祖母。”

承欢不悦：“我是结婚，不是出嫁，我以后还会回来，保证来去自如，出嫁这种封建名词实有商榷余地。”

麦来添瞪着女儿：“你同你妈一样的病？”

承欢约辛家亮同往近郊探访祖母。

她同未婚夫交代来龙去脉。

“祖母并非亲生，是祖父的姨太太，据说，对父亲不大好，祖父去世后，积蓄也落在她手里，可是，父亲仍然很尊重她。”

辛家亮赞道：“好仔不论爷田地。”

承欢接上去：“好女不论嫁妆衣。”

辛家亮笑：“不过有的给我们的话就速速收下。”

承欢嗤一声笑出来。

祖母已经近八十岁，住在私家疗养院里，环境十分清静舒适。

看得出略为寂寞，但这年头，男女老幼，除了新婚夫妇，谁不是。

她在会客室见孙女孙女婿。

老太太穿戴比媳妇整齐多了，脸上还扑着粉，搽了口红。

她点点头：“承欢，你爸说你要结婚了。”

承欢微笑：“祖母来看看我未婚夫。”

老人打量辛家亮，开口就问：“你干哪一行？”

辛家亮连忙恭敬地回答：“我是个建筑师。”

“啊！”老人立刻刮目相看，笑容真确起来，“你与承欢是如何认识的？”

辛家亮一五一十道来：“我负责设计新图书馆，承欢在新闻组工作，前来拿资料时认识的。”

“你喜欢承欢哪一点？”

辛家亮的语气忽然情不自禁地陶醉起来：“她什么都好，大眼睛，和蔼笑容，爽快脾气……”

祖母笑，看着承欢：“那多好。”

承欢连忙说：“辛家伯伯、伯母请吃饭，祖母可会出席？”

祖母摇摇头：“我已经走不动了。”

承欢应一声。

祖母此时摘下颈上项链：“给你做礼物。”

“这——”

“收下吧，如今还买不到这样绿的翡翠呢，我一向看好你，承欢，你那弟弟就不行，自小毛躁，不成大器。”

承欢连忙道谢，好像连祖母对弟弟的劣评也照单全收似的。

老人呷一口茶，缓缓说：“承欢，你看这时势如何？”

承欢正把那条赤金链条系在颈上，忽闻此言，不禁一愣。

她试探地问：“祖母是指——”

老人有点惊疑：“会打仗吗？”

承欢看辛家亮一眼，她很少同亲友谈到这个问题，可是对着祖母，又觉不妨坦率一点。

因此答曰：“我想不会。”

“会流血吗？”

“不用担心。”

“承欢，你要坦白对我讲。”

承欢没想到老人会如此关心政情，十分意外。

“上次人民得到解放，麦家吃了一点苦。”

承欢料不到祖母用词这样诙谐，不禁暗暗好笑。

“你不打算移民？”

承欢摇摇头。

“不怕？”

承欢说：“世界不一样了，资本主义改良，他们也有进步。”

“你确然相信？”

承欢只得说：“这也是一种抉择，任何选择都需付出代价。”

“换句话说，你也承认有风险存在。”

“那自然，生活中危机四伏，过马路也须小心。”

“嗯。”祖母点点头，忽露倦容。

看护出来巡视：“麦老太，你午睡时间到了，叫客人下次再来吧。”

老人握住孙女的手：“承欢，你与父母弟弟不同，你是个出色的女子，我祝福你，将来生了孩子要抱来给我看。”

承欢恭敬地称是。

与辛家亮走出疗养院的门，承欢却有点感喟。

贰·

世界那么小，许多分了手的情侣也迟早会看到对方年华逝去，男方秃顶，大肚子，仍为生活奔波，女方憔悴苍老，智慧并无长进。

“年轻之际，我们都说千万不要活到太老，可是像祖母，已届风烛残年，可是仍然盼望活下去抱曾孙。”

“我不反对。”

承欢莫名其妙：“你在说什么？”

“不反对她抱曾孙。”

承欢瞪辛家亮一眼，说下去：“而且，你听到祖母是何等看低我父母。”

“老人喜欢玩政治，捧一个、踩一个，是惯例。”

“人越老越凶。”

“也有些越老越慈。”

承欢忽然伸手触摸辛家亮鬓角：“你呢，你老了会怎么样？”

“英俊、潇洒，一如今日。”

承欢忍不住笑。

“与我一起老，你一定会知道真相。”

世界那么小，许多分了手的情侣也迟早会看到对方年华逝去，男方秃顶，大肚子，仍为生活奔波，女方憔悴苍老，智慧并无长进。当初分手，都以为不难找到更好的一半，事与愿违，只留下不可弥补的创伤。

承欢忽然落寞地低下头。

“你告诉祖母你不会移民？”

承欢颔首：“我不会离开父母弟弟。”

“承欢。”辛家亮收敛笑容，“你明知我家在搞移民。”

“那是你父母的事。”

“承欢，父母一定会叫我跟着过去。”

承欢不悦：“是吗，到时通知我一声。”

“承欢，这是什么话？”

承欢无奈，被逼摊牌：“请问伯伯目的地何在？”

“当然是温哥华。”

“家亮，众所周知，温埠是小富翁退休的天堂，打工仔的地狱，我俩到了那边，恐怕只能在商场里卖时装。”

“太悲观了。”

“在美国，整条街都是失业的建筑师，房屋经纪赚得都比画图师多。”

辛家亮愣在那里，半晌才说：“我知道夫妻迟早会侮辱对方，没想到来得这样快。”

承欢吃惊地掩住嘴，吓得冷汗爬满背脊，无地自容，她的口角何等似她母亲刘婉玉女士，可怕的遗传！

尤其不可饶恕的是她并不如母亲那样吃过苦，心中含怨，她对辛家亮无礼纯是放肆。

一言既出，驷马难追，承欢懊悔得面孔通红。

辛家亮叹口气：“我也有错，我不该逼你一时半刻离开家人。”

承欢这才暗暗松了口气。

“此事八字还没有一撇，容后再提。”

“不，最好讲清楚才结婚，先小人后君子。”

辛家亮想一想叹口气：“好，我留下来陪你。”

承欢大喜过望：“伯伯、伯母怎么想？”

家亮无奈：“子大不中留。”

承欢感动：“家亮，你不会后悔。”

“是吗？那可是要看时势了，每一次抉择都是一项赌注。”

可不是，连转职也是赌博，以时间精力来赌更佳前程，揭了盅，买大开小，血本无归。

承欢黯然。

她最讨厌选择，幸亏自学堂出来，就只得辛家亮一个人，否则更加头痛。

辛家亮这时说：“心底里还有什么话，一并趁这个时候说清楚。”

承欢并非省油的灯，她笑说：“你呢，你又有何事，尽管招供。”

回到家中，一照镜子，承欢才发觉双耳烧得通红。

她用冷水敷脸。

麦太太在走廊与邻居闲谈，承欢可以听到太太们在谈论她。

“……我也很担心女儿婚事，女孩子最要紧的是嫁得好，你说是不是？”

“自己能干也很重要，不然哪有好男子追求。”

“恭喜你，麦太太，你今后可放下心头大石了。”

承欢暗暗好笑，没想到邻居太太口中，她是母亲的心头大石，此刻移交给辛家，可松一口气。

“女婿还是建筑师哩。”

“在何处请吃喜酒？我们可要置好新衣服等待喝喜酒啦。”

一言惊醒了梦中人，麦太太怔在那里，真的，怎么一直没听女儿说过喜宴之事？

她打个哈哈，回到屋中。

看到承欢，连忙拉住她：“你们将在何处请客？”

承欢答：“我们不请客。”

“你说什么？”

“蜜月旅行，尽免俗例。”承欢坐下来，“双方家长近来吃顿饭就算数了。”

麦太太好像没听到似的：“亲友们加起来起码有五桌人。”

承欢不禁失笑：“妈妈，我家何来六十名亲友？有一年父亲肺炎进医院，一时手头紧，一个亲友也找不到，若不是张老板大方，我们母子三人保不定要挨饿。”

麦太太辩道：“但此刻是请客吃饭。”

“妈妈，酒肉朋友不是朋友。”

可是，麦太太完全接受不来：“那诸亲友怎么知道你结了婚？”

承欢忽然觉得很累：“妈妈，我并不稀罕他们知道与否。”

“这是辛家亮教你说的？”

“妈，我不教辛家亮离经叛道已经很好了。”

“辛家是否想省下这笔费用。”

承欢凝视母亲，只见她是真紧张，不由得怜悯母亲起来。

这可怜的中年妇女，她的世界只有这间廉租屋一点点大，她的月亮星辰即是子女，丈夫半生令她失望，她全心全意图子女为她扬眉吐气。

承欢自幼活泼聪明，读书又有天分，她一直是母亲简陋天地中的阳光。

承欢温柔地轻轻说：“妈，我们可以在报上刊登启事知会亲友。”

麦太太哭泣：“我终身懊恼自己没有一个像样的婚礼，真没想到这可怖的命运，竟延续到女儿身上。”

承欢觉得母亲小题大做，把琐事扩大千万倍，完全不成比例，不禁气馁。

麦太太大声说："那由我麦家请客好了，辛家不必出份子。"

这时麦来添开门进来："什么事？哭声震天，邻居都在好奇张望。"

承欢摊摊手。

承早自小露台走出来，原来他一直躲在那里，只是不作声，一切听在耳里。

"姐姐说结婚不请客。"

麦来添一听，"呀"一声："糟，我已口头上邀请了张老板。"

承欢原先以为来了救兵，谁知父亲做出这种表示，顿时被浇了一盆冷水。

她只得出门去乘凉风。

邻居太太本来聚在麦家门口，见承欢出来，纷纷赔笑让开。

承欢跑到楼下坐在石凳上发呆。

有人给她一杯冰激凌，一看，是承早。

做姐姐的甚觉安慰，把头靠在弟弟肩膀上。

承早笑："结婚不容易啊？"

"你迟早知道。"

"看过你的经历，谁还敢结婚。"

承欢苦笑。

半晌她说："小时候看好莱坞电影，最向往女主角一哭，便可奔上一道回旋楼梯，直到楼上，"砰"一声打开豪华的卧室门，扑到大床上……我是穷家女，与家里有什么争执，只得避到这个公众休憩处来。"

承早说："我明白。"

承欢笑："你真明白？"

承早也笑。

母亲处处刁难她，企图在她的婚礼上争意气，多年来的委屈欲借此发泄到她身上。

皆因这次大事过后，永无机会骄矜，这样对儿子，他会一走了之。

承欢垂头。

承早试探地说："明天还要上班吧？"

一言提醒承欢，只得打道回府。

小小房间，小小的床，一张书桌用了二十年，通通需要回报，华人讲究报恩。受人点滴恩惠，必当涌泉以报。

父母养育之恩，自然非同小可。

的确如此，想到这里，承欢心平气和。

第二天承欢去换戒指。

售货员讶异："麦小姐，我以为你喜欢方钻。"

承欢说："家母说它不够闪亮。"

售货员擅于迎合，笑道："这倒是真的，来，麦小姐，过来看圆钻，不但闪烁，而且显大。"

承欢一心讨好母亲，看到一颗漂亮的，立刻指一指。

店员马上称赞："麦小姐好眼光。"

承欢并非昨天才出生的人，笑笑问："什么价钱？"

不先问价，自取其辱。

无论买什么，第一件事是问价，无论卖什么，第一件事也是问价，切记切记。

那颗圆钻等于整幢公寓的家具电器及蜜月旅行的开销总和，足够换一辆新日本房车，兼是承欢工作以来全部积蓄。

只要喜欢，戴在指头上也不能说不值得，可是为着取悦母亲，就有点那个了。

“麦小姐，我给你打个最佳折扣，账单送到辛先生处。”

承欢笑了，辛家亮又不是大老板，他知道了不怪她虚荣就很好了。

“不，我自己来付。”

忽然身后传来一个声音：“岂有此理。”

承欢一乐，转过头去：“你怎么知道我在这里？”

说曹操，曹操就到，身后正是辛家亮。

他坐下来，取过珠宝用放大镜细细钻研一番：“不错不错，就是它吧。”掏出支票簿。

承欢有点忸怩：“这不大好吧？”

“将来可以传子传孙。”

“完全超出了预算。”

“家父心中一早有数，有笔救急款存在我处。”

“我们再考虑考虑。”

辛家亮摊摊手：“何用再想。”

立刻大笔一挥，签出支票。

承欢知道辛家亮的脾气，这可能也是他全部积蓄，却绝不吝啬。

承欢也不打算再次推辞，忽然之间她也生了母亲般的悲凉心态。这可能也是她一生中最骄矜的一刻，过了这个阶段，还有什么讨价还价的能力。

辛家亮要对她好，何用苦苦推辞。

承欢点点头，与未婚夫走出珠宝店。

辛家亮似笑非笑看着她：“还有什么枝节？”

承欢问：“你父母对喜宴的看法如何？”

辛家亮闻言变色：“你知道我一向不理他人观点。”

“可是……”

辛家亮完全收敛了笑容：“承欢，你知道我最反对请客吃饭，这件事我们一早谈妥，不用再讲，承欢，我盼望你立场坚定，切莫迎风摆柳。”

承欢张开嘴，又合拢。

“照原定计划，我们到伦敦，注册结婚，然后我们回来，同意？”

承欢不语。

辛家亮恨恶婚宴如一些人恨恶赌博以及一些人恨恶迟到一样。

每个人心底里都有最讨厌的一件事，辛家亮从不参加婚礼，坚持这种场合一点智慧也无。

看样子他无意妥协。

并且，如果承欢令他委屈，未来数十年间他心中有个疙瘩，也是不值。

未来数十年。

多么可怕。

承欢忽然有种天荒地老的感觉。

这时辛家亮咳嗽一声："生活将起突变，我知道你承受了一定的冲击与压力。"

承欢看着他："你何尝不是。"

"所以，我们要额外小心，莫在仓促间说出会令对方难堪的话来。"

"是。"

"是我俩结婚，别人意见不必理会。"

"是。"

辛家亮满意了："在人类语言中，数这个字最动听。"

尤其是由伴侣说出来。

承欢傍晚到毛毛家去聊天。

她捧出一大沓新娘杂志："供你参考。"

“我不穿礼服。”

毛咏欣看她一眼：“太潇洒的后果往往是懊悔。”

承欢沉默。

“我陪你去拍照，我认得朋友的朋友的朋友认识杨凡，他会把你照得如天仙一样。”

承欢十分心动。

“留着三十年后看很有意思。”

承欢犹疑。

“此事不必让男方知道。”

结婚照中没有新郎?

毛咏欣接着说：“辛家亮这人真是奇怪，明知婚礼中只有一个主角，他不过是个龙套，却意见多多。”

承欢笑了。

毛咏欣把杂志翻到其中一页：“看，这套纯软纱无珠片保守式样，清纯无比最适合你。”

承欢忍不住说：“毛毛，缘何如此热心？旁的事上你从不加插意见。”

她放下杂志长叹一声：“因为我知道自己永远不会结婚。”

“胡说，怎么可以做此预言！”

“真的，一个人要有自知之明，知彼知己，方能百战百胜，我相当肯定我不会结婚，所以希望好友有一个完整婚礼。”

“你一定会结婚。”

“不，我没有勇气。”

“届时会有。”

“不，我亦无此爱心，试想想，一个家千头万绪，我怎会耐烦数十年如一日点算卫生纸的存货。”

“你若爱他，你不会觉得烦。”

“不，承欢，你对爱的感觉与我完全不同，你的爱是温暖家庭，体贴丈夫，听话孩儿。”

承欢纳罕：“你的爱如何？”

毛毛微微一笑：“要令我激动得落泪，短暂不妨，但须燃烧。”

承欢不语。

半晌，毛毛继续话题：“头纱——”

承欢忽然问：“他出现了没有？”

毛毛答：“出现过，消失后，我又在等待。”

承欢说：“毛毛，时光易逝。”

“我知道。”她悠然，“所以千万不可以结婚。”

“将来你会累的。”

“不会比养育两女一子更累。”

承欢摇头叹息：“幸亏你尚余大把时间改变主意。”

毛咏欣答：“你也是。”

“婚后尚能反悔？”承欢笑。

毛毛比她更加诧异：“你没听说过离婚？”

承欢忽然觉得被冒犯了，她觉得好友口无遮拦，丝毫不照顾她的感受，迟些恐怕会祝她早日离异脱离苦海，一点禁忌也无！

你会不会对着孕妇口口声声说胎死腹中？

承欢说：“我有点事想走，不与你吃饭了。”

毛咏欣颔首：“随便你。”

送到门口，毛毛说：“人人只爱听虚伪的好话，我祝贺你俩白头偕老，百子千孙，五世其昌。”

承欢苦笑。

自从宣布婚讯之后她身边每个人多多少少都变了，包括辛家亮这准新郎在内。

唯一依然故我的可能是承早。

这小子，木知木觉，事不关己，己不劳心，故此无忧无虑。

双方家长见面的大日子终于来临。

约在大酒店最好，无所谓谁去拜见谁。

麦太太穿上新衣有点拘谨紧张，整个下午坐立不安，开头是逢事挑剔，接着紧绷着脸，一言不发，在家已经挽着手袋不放，又一早穿好鞋袜。

偏偏麦先生不知好歹，指着妻子笑道："瞧，乡下人赶庙会。"

承欢害怕母亲会趁机发作。

可是没有，麦太太紧闭嘴唇，可是过一刻，比发脾气更坏的事发生了，她悄悄流下眼泪。

承欢急得连忙用手帕去抹，她母亲接过手绢，擦干眼泪，低声说："看着你们，我忍到如今。"

承欢刹那间自母亲眼光看清这个家：狭小空间，有限家用，辛劳一生。她不禁也哭了起来。

"你怎么了？"轮到麦太太着急，"化妆弄糊不好看，面孔肿起来怎么办？"

一家人总算在扰攘中出了门。

到了楼下，承早问：“咦，这不是张老板的车子？”

麦来添答：“是，我问老板借来用一晚，坐得舒服点。”

承欢却再也提不起精神来。

本来已经不多话的她更加沉默。

辛家亮一早在宴会厅门口等他们。

承欢担心地问：“来了没有？”

辛家亮笑嘻嘻地答：“都在里边呢。”

辛家一见麦家四口，都站起欢迎。

承欢这才放下心来。

一时各人忙着介绍，承欢连忙退到一旁，先看清楚环境。

辛伯母大方得体，笑容可掬，穿浅灰色洋装，只戴了宝石耳环。

辛家亮的姐姐家丽一向懂得打扮，再名贵的衣物也能穿得不动声色，真正大家风范。

承欢一下子要为两家人负责，胃里像是吞下一块大石。

再转过头去看父母，发觉他们略为拘谨，姿态稍嫌生硬，最出色的倒是承早，平时脏兮兮，球衣牛仔裤，今日打扮过了，骤眼看不知像哪个英俊小生，把全场男士都比了下去。

只见辛伯母殷殷垂询：“读几年级了，啊，拿到奖学金进大学了？太好了……”

这小子竟为姐姐争光，始料未及。

承欢总算露出一丝笑意。

辛家并无架子，可是人家做得再好，麦太太心中也有疙瘩，她觉得丈夫不但是蓝领，且是供人差遣的下人，这叫她抬不起头来。

一方面听得承欢已叫家丽夫妇为姐姐、姐夫，又觉安乐，女孩子嫁人，当然要略作高攀，否则穷仔穷女，挨到几时去。

辛伯母说话已经很小心了，可是吃到蒸鱼这道菜的时候，笑说：“家丽结婚时几乎没把父母带了过去陪嫁，床铺被褥都问家里要，把老用人都讨去做家务，是不是，家丽？”

家丽连忙说：“母亲太夸张了。”

麦太太又多心了，只是低头吃菜。

辛伯母问：“谁会吃鱼头？”

麦来添又傻乎乎多嘴："我内人最会吃鱼骨头。"

承欢一颗心几乎自嘴里跃出，忙打圆场："我来吃。"

可是辛家亮马上把鱼头夹到自己的碟子上："鱼头是美味。"

麦太太面孔渐渐转为铁灰色，鼓着腮，不言不笑。

承欢暗暗叹一口气，什么叫小家子气？这就是了，不过是一顿饭工夫，就算是坐在针毡上，也应忍它一忍，女儿女婿都在此，何必拉下脸来耍性格斗气。

这样只会叫人看不起。

穷人往往一口咬定遭人歧视是因为没钱，这是错的，人穷志不穷至要紧，承欢握紧了拳头。

麦太太忽然开口："听说，你们不打算请客吃喜酒？"

承欢瞪大双眼。

辛伯母讶异地说："这完全是他们小两口的意思。"

"这么说来，你们是不反对了？"

辛伯母连忙答："我们没有意见。"

承欢用手肘轻轻去碰母亲。

麦太太索性把手臂放到桌子上："那样，不是太仓促了吗？"

辛家亮连忙说："我们一早决定旅行结婚。"

麦太太并不放松："你不想热热闹闹让承欢有一个纪念吗？"

大家静了下来。

承欢不语，这也是命运，慈母会在这种紧要关头把劣根性通通表露出来。

这时承早忽然倾倒茶杯，倒了半杯茶在母亲新衣上。

麦太太"哎哟"一声。

承早立刻扶起母亲："妈，我陪你出去抹干。"

麦太太一走，大家松口气。

接着，若无其事，闲话家常，像麦太太那番话没有发生过一样。

承欢心中悲哀，面子上笑靥如故。

人家是何等深沉，母亲，你人微力薄，说什么都是白说。

麦来添懵然不觉，犹自与辛先生称兄道弟。

等麦太太回来，饭局也就散了。

辛太太非常客气："大家要多来往才是。"

辛家丽笑道："我带头先去探访伯母。"

自然不是真的，涵养功夫到了顶层便是诚心诚意地大讲假话。

麦家一走，辛家便叫了咖啡坐下开小组会议。

辛太太一边看账单一边说："家亮怎么没看出来，麦承欢其实与他并不匹配。"

辛家丽说："承欢不错。"

"可是你看她令堂大人。"

辛先生说："麦来添也还好，是个直肠直肚的粗人。"

"天长地久，且看家亮怎么去讨好他岳母。"

"妈，人家会说我们势利。"

辛先生抬起头："我会忠告家亮。"

那边辛家亮陪麦家四口往停车场走去，大家闷声不响。

待他们上了车，辛家亮转身就走，显然有点懊恼。

麦太太还不知道收敛，一径斥责丈夫："我喜欢吃骨头？你几时给我吃过鱼肉？有肉不吃我吃骨头？"

承欢用手托着头，一言不发。

忽然之间承早发话了："妈，你放过姐姐好不好？今晚你威风凛凛，每个人都看过你的面色，领教过你的脾气，再也不敢小窥你是区区一位司机的妻子，够了！”

承欢吃惊地抬起头来，承早一字不易，代她说出了心中话。

承早在今晚忽然长大了十岁。

然后，承欢发觉一脸湿，一摸，原来是眼泪。

她叫父亲停车。

“我到毛咏欣家去聊天。”

截了一辆街车，往毛家驶去。

毛咏欣来开门时十分意外：“是你。”

“给我一杯酒。”

毛毛知道不是揶揄她的时候，连忙斟了一杯威士忌加冰给她。

“毛毛，我不结婚了。”她颓丧地宣布。

“是怎么一回事？”

“双方地位太过悬殊。”

毛咏欣过了一刻才说：“你终于也发觉了。”

承欢垂泪：“毛毛，你一向比我聪明，你先知先觉。”

毛毛叹口气：“辛家亮这个人平板乏味，资质同你是不能比，不过他们都说这种人会是好丈夫，故此我一字不提。”

什么？

毛毛的结论是：“他配不起你。”

承欢歇斯底里地笑起来：“什么？”

毛毛也睁大双眼：“不然，你以为是谁高攀了谁？”

“我于他呀。”

毛毛一愕，真正大笑，且弯下腰，眼泪都掉下来。

毛咏欣一时不愿多说，开着音乐。

承欢的神经松弛下来。

“有一个自己的家真好。”

“你也做得到。”

“不，毛毛，你一直比我能干。”

“基本上你喜欢家庭生活才真，你习惯人声鼎沸、娘家、办公室、夫家……”

她到厨房去做香蕉船，电话响，她去听。

“毛姐姐吗？我是承早，请问，承欢是否在你处？”

“是，我去叫她。”

她回到客厅，发觉承欢已经躺在长沙发上睡着了。

“承早，她睡了，要不要叫醒她？”

“不用，她也真够累的。”

“发生什么事？”

“我妈意见太多。”

看样子是麦太太犯了人来疯的毛病。

“明早我叫她与你联络。”

“谢谢你，晚安。”

这男孩子倒是有板有眼。

算一算，毛咏欣哑然失笑，都二十岁了，当然应该懂事，今日社会要求低，三十以下都还算是青年。

她捧着冰激凌吃完，替承欢盖上薄毯子，熄灯睡觉。

第二天承欢比她早起。

赞不绝口：“真静、真舒服，真是个私人世界。”

毛咏欣微微笑。

“没有炒菜声咳嗽声街坊麻将声和小孩子喧哗，多好。”

毛毛说：“隔壁还有空屋。”

“可是——”

“可是你已是辛家的人了。”

她们略事梳洗分头上班，那日，承欢借用好友的衣物。

下午，承早找她：“妈妈做了你喜欢吃的狮子鱼，你早点回来如何？”

承欢温和地说：“不回来我也无处可去。”

承早松口气：“妈只怕你生气。”

承欢连忙否认：“我没有气。”

承早为母亲说好话：“她读书不多，成日困在家中做家务，见识窄浅，你不应怪她。”

承欢问：“将来你有了女朋友，还会这样为母亲设想吗？”

承早倒也老实，笑道：“我的名字又不是叫承欢。”

辛家亮一整天都没有同她联络。

他们也并非天天见面说话不可，不过今日承欢觉得他应当招呼一声。

她不知道那天早上，辛家亮听了教训，受了委屈。

他正在打领带，看到父亲进来，连忙笑问：“找我！”

辛志珊看着儿子，开门见山道：“如果打算请客，应该早半年订地方。”

辛家亮很坚决地答：“不，不请客。”

“女方知道你的意思？”

“承欢清楚了解。”

“我不是指承欢。”

辛家亮一怔，答道：“我娶的是麦承欢。”

他父亲点点头：“那就好，意见太多，无从适应。”

辛家亮只得赔笑。

“你母亲的意思是，将来有了孩子，一定要自己雇保姆，切莫送到外公外婆处养。”

辛家亮一怔：“未有准备即刻生孩子。”

“凡事先同父母亲商量。”

“是。”

辛志珊拍拍儿子肩膀离去。

这分明是嫌麦太太愚昧而主意太多。

伯母平日是好好一位家庭主妇，对女儿无微不至，辛家亮也不明何以这次她会有如此惊人的表现。

他整天心情欠佳。

承欢回到家中，母亲一见她，立刻端出小菜，对昨晚之事只字不提。

麦来添一早回来，大赞菜式鲜美，那样的老实人虚伪起来也十分到家。

承欢忽然说：“妈，我请客，我们全家外出旅行如何？”

承欢记

叁・

『在生活上依赖人，又希望得到别人尊重，那是没有可能的事。』

『后知后觉，总比不知不觉好。』

承早最感兴趣："去何处？"

"你说呢？"

"要去去远些，到欧美。"

"承早，我出钱，你出力，且去安排。"

麦来添大表诧异："承欢，你都要结婚了，还忙这些？"

承欢笑："婚后仍是麦家女儿。"

"哪有时间！"

承欢说："没问题。"

这时麦太太忽然问："可是出了什么事？"

"没事没事。"承欢否认，"我只是想陪父母出去走走。"

承早在一旁欢呼："我最想到阿拉斯加。"

这时麦太太忽然说："你且看看请客名单。"

承欢不相信母亲仍在这件事上打转："妈，我们不请客。"

麦太太看到女儿眼睛里去："不是你请客，是我请客，届时希望你与辛家亮先生大驾光临，如此而已。"

麦氏父子静了下来。

承欢愣住一会儿，忽然站起来："我们没有空。"

麦太太气得浑身颤抖："你就这样报答父母的养育之恩？"

麦来添一手按住妻子："好了好了，别发疯了。"

麦太太一手撩开丈夫："我一生没有得意事，一辈子迁就，就是这件事，我誓不罢休！"

承早过来劝："妈，你小题大做。"

"是。"麦太太咬牙切齿，"我所有意愿均微不足道，我本是穷女，嫁了穷人，活该一辈子不出头，连子女都联合来欺侮我。"

这时承欢忽然扬扬手："妈妈——"

麦来添阻止女儿："承欢，你让她静一静，别多说话。"

"没问题，妈妈，你尽管请客好了，我支持你，我来付账。"

麦太太反而愣住，像一只泄了气的皮球。

麦来添厌憎地看妻子一眼，取过外套开门离去，承早也跟着到附近足球场。

室内只余母女俩。

以及一桌剩茶。

麦太太走到承欢房门口：“我的意思是——”

承欢扬扬手：“你要请客尽管请。”

“帖子上可不能印联婚了。”

承欢这时非常讶异地抬起头来：“结婚，谁结婚了？可不是我结婚，我不结婚了。”

麦太太如被人在头上淋了一盆冷水。

承欢笑笑：“我到毛咏欣家去暂住。”

她收拾几件简单衣物，提着行李出门去。

毛毛不相信这件事是真的。

“为了这样的小事取消婚礼？”

“不不。”承欢纠正她，“从小事看到实在还不是结婚的时候。”

“愿闻其详。”

“劬劳未报。”

“什么意思？”

承欢叹口气：“我是长女，总得先尽孝心。”

毛咏欣不以为然：“他们不是你的责任，你还是照顾自己为先，健康快乐地生活，已是孝道。”

承欢颔首：“这是一种说法，可是子女婚后人力物力必不大如前，所以我母亲心中惶恐，越发对我百般刁难。

“了解她心理状况就容易原谅她。”

“是呀，她一向对丈夫没有信心，认为只有我能为她争气，她婚礼只是草草，故此要借我的婚礼补偿，渐渐糊涂，以为拼命争取的是她的权益，刹那间浑然忘却不是她结婚，是我。”

“可怜。”

“是，她巴不得做我。”

“旧女性大多是寄生草，丈夫不成才就转移到子女身上，老是指望他人替她们完成大业。”

“毛毛，我打算搬出来住。”

“你们的新房不是已经准备好了吗？”

“这是第二件错事，我们根本不应接受辛家父母的馈赠。”

毛毛微笑。

“他们出了钱，就理直气壮参与我们的事，将来更名正言顺事事干预，人贵自立，现在我明白了。”

毛毛颔首：“谢天谢地，总算懂了。”

“在生活上依赖人，又希望得到别人尊重，那是没有可能的事。”

“后知后觉，总比不知不觉好。”

“你好像比我知道得早许多。”

“我家有两个不做事的嫂子，从她们那儿我学习良多。”

承欢问：“没有第二条路？”

毛毛笑：“你说呢？”

承欢自问自答：“没有。”

接着数天内，她住在好友家里，每天下了班躲着不出去，情绪渐渐平稳。

承早打电话来：“姐姐，你从来不是边缘少女，怎么这下子却离家出走。”

“超过二十一岁可来去自由，其中有很大分别。”

“爸妈很牵挂你。”

“明年你还不是要搬到宿舍去。”

“但我是和平迁居。”

“好。”承欢说，“我答应你，我会回家同他们说清楚。”

“还有，妈关心你在外吃什么？”

“吃不是一件重要的事。”

“你不怀念母亲的菜式？”

承欢昧着良心：“并不是非吃不可。”

“姐姐你变了。”承早痛心地说。

有人按铃，承欢说：“我不多讲了，有人找我。”

毛毛先去开门，转过头来说：“承欢，是辛家亮。”识趣地回房去。

辛家亮一脸疑惑：“承早说你离家出走，为什么？”

承欢伸手过去捂住他的嘴：“你听我说，我想把婚期延后。”

“不行。”

“我不是与你商量，我心意已决。”

“是为着请客的事吗？我愿意迁就。”

“不——”

“你是想惩罚我吗？”

承欢不语。

“伯母想办得辉煌，我们就如她所愿，蜜月回来也可以请客，今天马上去订宴席，可好？”

“家亮，我没有准备好。”

“结婚生子这种事，永远不能备课，你必须提起勇气，一头栽下去，船到桥头自然直。”

“我办不到。”承欢把脸埋在手心中。

“如果你爱我，你办得到。”

“我当然爱你，可是我也爱我母亲，而且在这上面，我又最爱我自己。”

辛家亮笑了：“你倒是够坦白。”

这时咏欣出来：“我约了朋友，你们慢慢谈。”

她开门离去。

辛家亮忽然说：“这位毛女士永远结不了婚。”

承欢嗤地一声笑出来：“对不起，结婚并非她人生目标。”

“承欢，你都是叫她教坏的。”

承欢微微笑：“由此可知你爱我，把我看得那么好那么纯洁，怕我一下子会被人教坏。从前我们有个同学，与一位舞小姐交往，从不把她带出来，原因是怕我们这班大学女生会教坏她。你说他多爱她！”

辛家亮没好气："别把话题岔开。"

承欢吁出一口气："给我一点时间。"

"一个月。"

"一个月？"承欢瞪大眼睛，"不够不够。"

"你需要多久？"

"我先要搬出来住，然后连升三级，陪家人环游世界，买幢宽敞的公寓给父母，自备嫁妆……那需要多久？"

辛家亮看着她，笑嘻嘻地答："如果你是一个有脑筋的女明星，三年。但你是公务员，三十五年。"

承欢呜咽一声。

辛家亮说的是实话。

"承欢，延后一个月已经足够，让我们从头开始。"

承欢气馁。

"我昨晚同伯母谈过——"

"什么？"

"她主动约我到家里，嗯，她的炖鲍鱼鸡汤之鲜美，无与伦比。"

"她约你面谈？"承欢真意外。

"是呀，她愿意放弃摆喜酒这个原意。"

承欢反而心疼。

顽固的心敌不过母爱。

“我一听……”辛家亮说下去，“羞愧极了，我辛家亮竟为这种小事与伯母争执，又把未婚妻夹在当中扮猪八戒照镜子，里外不是人，于是立刻拍胸口应允请客。”

什么？

“现在伯母已与我获得共识，没事了。”

麦承欢看着辛家亮：“可是新娘子不在场商议该项事宜。”

“对，你不在。”

“买卖婚姻。”

辛家亮搔搔头皮：“伯母没问我算钱，她只希望我对你好。”

“你们请客我不会出席。”

“伯母说你也曾如此固执地威吓她伤过她的心。”

现在变成她是罪魁，承欢啼笑皆非。

辛家亮说：“我去问过，丽晶在下个月十五号星期六有一个空档，十桌酒席不成问题。”

承欢看着她：“你已经付了定金，是不是？”

辛家亮无奈："酒店方面说，非即时下决定不可，先到先得，迟者向隅，那日子本来是人家的，不知怎的取消了。"

承欢点头："可见悔婚的不止我一人。"

"你没有悔婚。"

承欢抱着双臂看着他。

"你害怕了，想要退缩，经过我的鼓励，终于勇往直前。"

承欢扬手："你不明白。"

"我无须明白，我爱你。"

他拖着她的手直把她带往新居。

门一打开，承欢就发觉家具杂物已经布置妥当。

辛家亮笑说："趁你发脾气的几天内，我没闲着，做了不少事，一切照你意思，不过家丽帮了不少忙。"

承欢泪盈于睫。

她再不接受，就变成不识抬举了。

"家亮，我们应自己置家。"

"承欢，现实一些，我同你，不可能负担这幢公寓。"

"那么，生活就该俭朴一点。"

“奇怪。”辛家亮搔破头皮，“一般女子一切问丈夫要，需索无穷，越多越好，你是刚相反。”

“家亮，我无以为报。”

辛家亮忽然狰狞地笑：“不，你可以报答我。”

承欢游览新居。

布置简单实用，一件多余的杂物均无，以乳白配天蓝，正是承欢最喜欢的颜色。

辛家亮对她这么体贴，夫复何求。

家亮斟一杯矿泉水给她：“子享父福，天经地义，将来他百年归老，一切还不是归我们。”

承欢瞪他一眼。

“你知道我说的都是真的。”

承欢遗憾地说：“我是希望自立。”

辛家亮摊摊手：“抱歉，是通货膨胀打垮了我们，这一代再也无置业能力。”

承欢无言。

“你爱静，大可先搬进来住，何必去打扰朋友。”

承欢倚在露台上看风景。

“要不回家去，伯母天天哭泣，承欢，她持家不容易，千辛万苦才带大你们姐弟，眠干睡湿，供书教学，你有什么不能原谅她？”

承欢叹息。

“我们走吧。”

他知道她已经说服了她。

那边辛氏夫妇却另有话说。

“家亮终于屈服了。”

辛太太讪笑道：“人家母女同心，其利断金。”

“算了。”

“不算行吗？”

“只得一名女儿，婚礼是该办得隆重点。”

“家丽就没有那么听话。”

“是我俩把家丽宠坏了，第一个孩子，看着外国育婴专家的奇文来做，事事讲尊重，听其自然，不可打骂，结果？人家两岁会说话，上卫生间、换衣服，她要拖到四岁！”

辛太太也笑。

“幸亏到了家亮，雇用保姆，人家有办法，才大有进步。”

辛太太说："家丽没请客，现在家亮愿意，不如广宴宾客。"

"我们起码占十桌。"

"谁付钞？"

辛志珊连忙说："这是我们的荣幸。"

辛太太也承认："的确是，只要人家肯来，是我同你的面子。"

"你拨些时间去探访亲家。"

"我知道。"

"承早那大男孩异常可爱，可当子侄看待。"

"哎，我也喜欢那孩子。"

麦承早第二天中午买了三明治拎到办公室找姐姐。

外头接待处的女孩子惊为天人，目光无法离开这大男孩。

承欢似笑非笑地看着弟弟："你有何事找我？"

承早一本正经地说："从前盲婚时期只能凭小舅子相貌来推测妻子容颜，那你就很占便宜了。"

承欢啼笑皆非："有话请说。"

"妈问你几时搬回去。"

承欢不语。

“辛伯母今天下午来探访我们，你不在家，多突兀，我特来通风报信。”

“辛伯母来干什么？”承欢大感意外。

“来向妈妈请教如何炒八宝辣酱。”

“天气这么热，狭小厨房如何容得下两个人？”

“妈也这么说，可是辛伯母答：‘室不在大，有仙则灵。’”

承欢皱起眉头：“几时到？”

“四时整。”

“我得早些下班赶回去。”承欢额角冒汗。

承早看到姐姐手足无措，有点同情，他安慰她：“我会在场陪你。”

承欢叹口气。

他又加了一句：“一个温暖的家即是体面的家。”

承欢十分宽慰：“不枉我小时候将你抱来抱去喂你吃饼干。”

承早与姐姐拥抱，姐弟泪盈于睫。

刚有同事进来看见，咳嗽一声。

承欢连忙介绍说："我弟弟。"

"知道了，长得好英俊，将来，替我们拍广告。"

承早笑："一定一定。"

同事犹自喃喃道："长得漂亮至占便宜，那样的面孔，望之令人心旷神怡。"

承欢诧异："略平头整脸而已，哪有这样讨人欢喜？"

同事转过头来同承欢算账："你也是呀，为什么连署长都记得你是谁，升级又是你行头？"

"啐，我才华出众呀。"

"笑话，比你英勇的同事不知凡几！"

下午承欢告了两个小时的假，买了水果，赶回家去。

在门口碰见父亲开着车回来。

承欢站住脚，没想到车窗打开，张老板也坐在车中，正向她笑呢。

承欢连忙迎上去："张小姐，你在这里？"

麦来添笑道："张小姐亲自给你送礼来。"

承欢"啊"一声："怎么敢当。"

张小姐笑："看着你长大，当然要给你送嫁妆。"

承欢感激莫名，垂手直立，只是笑个不停。

张小姐笑道："阿麦，你看你女儿多出色。"

忽然承早也挤进来："张小姐，你好。"

张小姐大吃一惊："这英俊小生是谁？"

"小儿承早。"

"几时由小泼皮变成大好青年了？"张小姐十分震荡，"阿麦，你我想不认老都不行了。"

承欢连忙郑重说："张小姐怎么会老，看上去同我们差不多！"

张小姐笑说："别忘记请我吃喜酒。"

麦来添把车驶走。

承早揶揄姐姐："张老板不会老？"

"她真的一直以来都那么漂亮。"

"据说年纪同妈差不多。"

承欢白弟弟一眼："妈是为了你这只猢狲挨得憔悴不堪。"

哪晓得承早居然承认："是，妈是吃苦，没享过一日福，将来我赚了钱要好好待她。"

"许多孝顺儿子都那样说，直至他们有了女朋友，届时，整个人整颗心侧向那一头，父母想见一面都难。"

“你听谁说的？”

承欢道：“我亲自目睹。”

“你是说辛家亮？”

“去你的。”

到了楼上，发觉辛伯母已经到了。

便装，束起头发，正在学习厨艺，把各式材料切丁，做麦太太的下手。

看到承欢，笑道：“原来每种材料都要先过油，怪不得。”

麦太太脸上有了光彩，扬扬得意。

承欢恻然，真单纯愚蠢，人家给两句好话就乐成那样，小孩子还比她精灵些。

但，为什么不呢，人是笨点好，有福气。

刹时间炒起菜来，油烟熏透整个客厅，看得出地方是收拾过了，但仍有太多杂物瓶罐堆在四角。

承欢微笑着处之泰然。

盛出菜来，辛伯母试食：“嗯，味道好极了，给我装在塑胶盒里带回家吃，馆子里都做不出这味菜了，一定是嫌麻烦。”

然后，她坐在桌子前与麦太太商量请客人数。

辛伯母说："爱请谁就请谁，不必理会人数，都是我们的面子，你说是不是。"

麦太太十分感动："我算过了，顶多是五桌。"

"那很适合，下星期家亮会拿帖子过来。"

辛伯母抬起头："咦，睡房向海呢，风景真好。"

麦太太连忙招呼她去看海景。

然后她告辞了，承欢送她到楼下。

辛伯母微笑说："体贴母亲是应该的。"

承欢垂下头，低声说："夏季，她往往忙得汗流浃背，衣服干了，积着白色盐花。"

辛伯母颔首："可是子女都成才，她也得到了报酬。"

这句话叫承欢都感动起来。

"对，适才张培生小姐送礼上来，她是你家什么人？"

"啊，我爸在张小姐处做了二十年。"

"是她呀，最近封了爵士衔可是？"

"是。"

停了一停，辛伯母问："会来喝喜酒吗？"

"她说一定要请她。"

辛伯母笑：“那可要坐在家长席。”

“是。”

辛家司机来了，辛伯母捧着八宝辣酱回去。

回到家中，麦太太刚抹干手：“看看张老板送什么礼物。”

承欢把盒子拆开来：“一对金表。”

承早说：“哗，辛家亮已经有表，不如送我。”

承欢说：“太名贵了，不适合学生。”

“结婚当日你与家亮记得戴在手上以示尊敬。”

承早笑：“这世界真虚伪，说穿了不外是花花轿子人抬人。”

承欢叹息：“是呀，名利就是要来这样用。”

承早问：“世上有无清高之人？”

麦太太斥责道：“你懂什么？”

“有。”承欢答，“我们父亲。”

他们母子一想，果然如此。

麦来添头脑简单，思想纯真，只晓得人是人，畜是畜。你对他好，他也对你好，你对他不好，他只是不出声，吃亏，当学乖。无功，不受禄。日出而作，日落而息，不问是非。

所以一辈子只能做一个司机。

麦太太脸色渐渐祥和："是，你爸一生没害过任何人。"

承欢微笑。

承早也说："爸真是，制服待穿破了才会去申请。"

麦太太叹口气："真笨，下金子雨也不懂得拾宝，大抵只会说：'什么东西打得我头那么痛。'"

他们都笑了。

承欢问："爸有什么心愿？"

"希望你们姐弟健康快乐。"

承早抢着说："这我做得到。"

承欢瞪他一眼："你还能吃能睡，人大无脑呢。"

承早呜咽一声，去换球衣。

承欢站起来。

麦太太即时急说："你往何处去，你还不原谅妈妈？"

承欢一怔："我斟杯冰水喝。"见母亲低声下气，不禁心酸。

麦太太松口气。

承欢低声说："这点我不如承早，我脾气比较犟。"

“承早有点像你爸，牛皮糖，无所谓。”

承早出来，不满：“又说我什么？”可是笑容可掬。

承欢见他就快出门去球场耍乐，便笑道：“有女朋友记得带回家来。”

承早已如一阵风似刮走。

承欢转过头去问母亲：“妈妈，你又有什么心愿？”

“我？”麦太太低下头，“我无愿望。”

“一定有。”

麦太太讪笑：“天气热，希望装台冷气，又盼望大陆亲戚会时时来信，还有，你父亲薪水多加一成。”

都是很卑微的愿望。

“后来，就希望你们姐弟快长大，聪明伶俐，出人头地，还有，特别是你，嫁得好一点。”

承欢听半晌，只觉母亲没有说到她自己：“你自己希望得到什么？”

麦太太一怔：“刚才不是都说了吗？”

“不，与我们无关的愿望。”

麦太太像是不明白女儿的意思。

承欢倒是懂了，母亲早已没有了自己的生活，她的生命已融入子女丈夫体内，他们好即等于她好，已无分彼此。

承欢恻然。

麦承欢一辈子也不会做到那种地步，辛家亮有何成就，她会代他高兴庆幸，可是她自己一定要做出成绩来。

夫唱妇随将会是她的业余兼职，她正职是做回麦承欢。

麦太太抬起头：“很小的时候，我曾经希望到外国生活。”

“啊。”承欢意外，她从未听母亲提起过此事。

“彼时我十七岁，有人邀我嫁到英国利物浦去。”

“哎呀。”

“我没有动身，我不会说英语，而且那个人年纪大许多，长相不好，我害怕。”

“幸亏没去！”

“后来生活困苦，我也相当后悔，那人到底是杂货店老板呢。”

承欢一个劲儿帮着父亲：“环境也不会太好，背井离乡，一天到晚站在小店里如困兽。”

“都过去了。”

“可不是，别再去想它。”

“妈希望你嫁得好。”

这是普天下母亲的心愿。

“辛家亮好不好？”承欢故意问。

麦太太心满意足：“好得不能再好。”

承欢笑了，她取起手袋出门去。

麦太太问：“你又往何处？”

“我想搬到新居住。”

麦太太劝道：“不可，一日未注册签名，那便不是你家，名不正言不顺。”

母亲自有母亲智慧。

“那我去与咏欣话别。”

麦太太笑说：“你若愿意与咏欣暂住，只要人家不嫌你，亦不妨。”

承欢笑了：“我知道。”

晚上，与咏欣说起上一代妇女的智慧。

“她们自有一套从生活学得的规律，非常有自尊，古老一点可是仍然适用。”

毛咏欣感喟：“那样克勤克俭，牺牲小我，现在还有谁做得到。”

承欢不语。

念小学之际，母亲提着热饭，一直步行一小时带往学校给他们姐弟吃，回程累了，才搭一程电车，省一角钱也是好的。

她从来没有漂亮过，有史以来，承欢从未看过母亲搽过粉妆涂过口红或是戴过耳环。

承欢用手臂枕着头。

“可是，那样吃苦，也是等闲事，社会不是那样论功绩的。”

“子女感激她不就行了。”

“是呀，只有女儿才明白母亲心意。”

毛咏欣笑：“我却没有你那样的家庭伦理，我只希望资方赏识。”

承欢问：“你会不会做我伴娘？”

“免。”毛毛举手投降，“你知我从不去婚礼及葬礼。”

“不能为朋友破一次例？”

毛毛“嗤”一声笑道：“你如果是我朋友，应当加倍体谅尊重我。”

“也罢。”

“谢谢你。”

承欢精打细算，挑的礼服都是平时亦可穿的款式，颜色不必太鲜，像经穿耐看如淡灰、浅米以及湖水绿这些。

逛累了咏欣陪她喝咖啡，咏欣眼尖，低声说：“令弟。”

承欢十分诧异，承早怎么会跑到银行区大酒店的咖啡座来，一杯茶可在麦当劳吃几顿饱的了。

她转过头去，只见承早与一美少女在一起。

承欢暗暗留神。

那女孩穿得非常时髦考究，容貌秀丽，举止骄矜，承欢轻轻说：“噫，齐大非偶。”

毛咏欣笑：“你不是想干涉令弟交友自由吧？”

承欢有点不好意思：“当然不。”

“请让他自由选择。”

“他可能会受到伤害。”

“我们迟早会遇到痛不欲生之事，无可避免，你不可能保护他一辈子。”

“但那是我弟弟。”

毛毛含笑：“你管太多，他就巴不得没你这姐姐。”

承欢着急：“那该怎么办？”

“看你，那是你弟弟，不是你伴侣，少紧张，如常坐着喝茶呀。

承欢抹一抹汗：“谁那么倒霉，会碰到情敌。”

毛咏欣静下来，隔一会儿，答道：“我。”

肆·

从前，出身欠佳，又嫁得不好，
简直死路一条，要被亲友看扁，
现在不同，现在还有自己一双脚。

"什么？"

"我，我有一次看到亲密男友与一位夜总会公关小姐谈判。"

承欢张大嘴。

"于是，婚约立刻告吹。"

承欢第一次听她披露此事，毛毛竟把这段故事收藏得如此缜密。

"为什么不在家谈判？"

毛毛惨笑："后来我才知道，他俩彼此害怕对方，已不敢在私人场所见面。"

承欢骇然。

"那一天，也是个夏天，阳光普照，早上起来，同往日并无异样。”毛毛叹口气，“不过，这种人，失去也不足惜。”

“你会不会情愿什么都不知道？”

“不。”毛毛笑了，“我不会逃避现实，我情愿早点发觉。”

“他们谈些什么？”

毛毛反问：“重要吗？不过是钱债问题。”

承欢低下头，不寒而栗。过一刻她问：“后来呢？”

毛咏欣有点呆：“我们的关系告一段落。”

“不，我是指那对男女。”

毛毛忍不住笑：“你当是看小说，每个人物的结局读者都有权利知道？”

承欢讪讪的。

“你还想知道什么？”

“那个舞小姐可长得美？”

“十分漂亮白皙，而且有一种说不出的风情，年纪与我相仿。”

“你怎么知道她的职业？”

“他告诉我的。”

“他们最终没有在一起？”

“没有，去年他结了婚，娶得一个有妆奁的女子，生下一对孪生子。”

承欢不语。

咏欣黯然道：“很明显，有人愿意原谅他。”

承欢连忙安抚：“我们不在乎那样的人。”

毛咏欣嘴角始终含笑，无人知是悲是喜。

这时承早发现了姐姐，自己先走过来打招呼，一手搭在姐姐肩上，十分亲昵。

承欢仰起头：“你走好了，我替你付账。”

“谢谢姐姐。”

那个少女从头到尾留在另一边没过来，稍后随承早离去。

毛毛问：“为什么不顺道打个招呼？”

“算了，姑奶奶，也许人家没心理准备。”

毛咏欣说：“这种女孩一点规矩也无。一次生日，我请弟弟与女友一起吃饭，她说没空，亦不让我弟弟来，叫弟弟到商场陪她看店，如此卖弄男友听话，那种小家子气，也不要去说其他的了。”

承欢抬起头："倘若承早有个那样无聊的女友，我不会怪那女孩子，是承早眼光品位差，我们没好好教育他。"

咏欣呼出一口气，神色渐渐松弛："承欢，你真好，你不大怪别人。"

承欢笑："哎呀呀，毛毛，当然都是我们的错，我同你，身为时代女性，受过高等教育，又有一份优差，简直立于必败之地，不认错只有招致更大侮辱，自己乖乖躺下算了。"

毛毛笑得前仰后合。

这时，邻桌一位外国老先生探头过来问："什么事那样快乐，可以告诉我吗？"

承欢抹一抹眼角笑出来的眼泪，温柔地对银发如丝的老先生说："蛋糕非常香，咖啡十分甜，这里又没有地震，活着真是好。"

老先生也咧开嘴笑："年轻才是真正好。"

这次毛毛都由衷应道："你说得对。"

第二天，承欢拉着承早问长问短。

"那是你固定女友吗？"

"才怪，我在约会的女孩不止她一个。"

“你要小心，男人也有名誉。”

承早点点头：“可是比女性好一点吧，只要学业与事业有成，风流些不妨。”

承欢看着他：“那起码是十年后的事，对不对？”

承早一味笑。

“有喜欢的人，把她带回来见见父母。”

承早沉默一会儿：“八字都无一撇，况且，也不是人人像辛家亮，可以往家里带。”

这话是真的。

承欢记得一年前她把辛家亮请到家中，虽然已经预先通知父母，可是家门一开，麦太太仍在炒菜，麦先生光着上身在修理电视机，家里狭小凌乱嘈杂，使承欢为之变色。

太不体面了。

可是辛家亮丝毫不介意，寒暄完毕，立刻帮麦先生换零件，十分钟内电视恢复功能，又吃了两大碗饭才打道回府。

辛家亮的表现若差那么一点点，就过不了这一关。

承欢当然明白弟弟所指。

承早感喟说：“姐夫真好人品。”

人家父母教得好。

承早说下去："等到真正有感情，再请回家中也不迟，这可真是一个关口。"

吃饭了，姐弟连忙取出折台折凳摆好。

承欢记得那次辛家亮被折椅脚夹到手指，忍痛不作声，爱是恒久忍耐。

他甚至没想过要改变她，麦承欢做回麦承欢已经够好。

承欢托着头微微笑，真幸运。

承早说："现在都没有像姐你这么单纯的女孩子了。"

"你又有什么心得？"

"她们吃喝玩乐都要去好地方，衣食住行都须一流水准。"

承欢脱口问："那，拿什么来换呢，你总得有所付出呀，有什么好处给人？"

"有些稍具美色尚可，可是另一些不过只有眼睛鼻子的也妄想什么都不用做，坐在那里享福。"

承欢敲弟弟的头："叫你刻薄过头，一元只剩五仙[1]。"

---

[1] 仙：香港过去流通的货币，约 0.05 港元。

承早抗议：“这才好呢，至少我看到异性不会晕陶陶。”

“记住。”承欢说，“一早表态，让对方知道你爱父母。”

麦太太端着菜出来，诧异问：“姐弟嘟嘟囔囔说了这些时候，讲的是什么？”

承早答道：“做人之道呀。”

“嫁了之后仍可回来，又不是从前，想见娘家的人还得请示过夫家。”

“有这种事？”

“你外婆就生活在封建时代。”

不过是一百年左右之前的事，却已像历史一般湮没。

承欢问：“父亲不回来吃饭？”

“张老板有事，这么些年来，她只信他。”

承欢说：“哇，四个菜。”

“怕你婚后没的吃，趁现在补一补。”

“妈，你也怪累的，天天煮那么一大堆，其实吃随便点对身体有益，一菜一汤也够了。”

麦太太低下头：“可是，我不做菜，又能做什么？”

承欢连忙说：“打毛衣。”

“婴儿衣服？”麦太太大喜。

“不不不，替我做，今年流行短身水彩色毛衣，在外头买，挺贵，你帮我织。”

麦太太托着头：“我没兴趣，你去现买现穿好了，是婴儿服就不同了。”

承欢笑出来：“那么辛苦带大我俩，还不够？”

麦太太说：“你不知道婴儿的好处，你对他好，他就对你好，他可不理你穿得怎么样，有无财势学问，他的笑声一般欢乐清脆，他的哀乐毫无掩饰。”

是，这是真的，然后受环境熏陶，渐渐学坏。

麦太太说：“我最喜幼儿。”

“人人喜欢，但是不是人人似你，愿意不辞劳苦。”

“我就不明白了，隔壁赵太，坚决不肯代为照顾外孙，并且振振有词云：‘是含饴弄孙，不是含饴养孙呀，你说是不是？’学识倒是很好，可惜没有爱心。”

事不关己，己不劳心，承欢没有意见。

“现在她女儿女婿都不大回来了。”

承欢喜欢听母亲细细报道邻居近况。

“娄先生老是想搬到私人住宅住，娄小姐替父亲换一堂家具，谁知挨了骂：‘要换，换房子，换家具有个屁用。’”

啊，承欢悚然动容。

“你想想，他活到六十岁都没弄到私人楼宇，叫二十多岁的娄小姐如何有办法，于是娄小姐也不大回来了。”

承欢笑，办不到，只好避而不见，她也险些回不来。

一些父母对子女要求过苛。

母亲说下去：“可是也有子女需索无穷，周君桃硬是叫周太太卖了一幢投资公寓。”

“干什么？”

“她要出外留学。”

承欢点点头。

过片刻，麦来添回来了。

“咦，你们母女在谈心？我倒成了不速之客了。”

见她们言归于好，脸上喜滋滋，这个单纯的老实人，居然亦在都会的夹缝中生存下来，承欢充满怜惜悲恸，像成人看婴儿，她也那样看父亲。

她站起来：“我回房收拾东西。”

小小五斗柜内有一格收着照片簿子，照片这样的东西，拍的当时既麻烦又无聊，各人好端端在玩，你却叫他们看镜头，可是事后真是千金不易。

穿着中学校服的照片尤其珍贵。

生在穷家，当然吃了一点苦，承欢身边从无零用，连喝罐汽水都是难得的，也没有能力购买零星好玩的东西与同学交换。

真是现实，同学乘私人房车上学，下雨天，溅起的脏水直喷到站在公交车站上的她的鞋袜上。

受了委屈，承欢从来不带回家，一早知道，诉苦亦无用，许多事只得靠自己。

这些事本来都丢在脑后，忘得一干二净，今日看照片又勾起回忆。

承欢不是不知道，只要爱子女便是好父母，可是心中总略为遗憾童年欠缺物质供应，她要到十六岁才到迪士尼乐园，实事求是的她觉得一切都那么机械化那么虚假，一点意思也无。

自七八岁开始就听同学绘形绘色地形容那块乐土，简直心向往之，原来不过如此。

整个暑假做工的积蓄花得甚为不值。

翌年，她又用补习所得到欧洲跑了一趟，也不认为稀奇，忽然明白，是来迟了若干年，已经不能与同学们一起兴奋地谈及旅游之乐，交换心得。

承欢之后都没再尝试用自己力量购买童年乐趣，重温旧梦，梦一过去都不算梦了。

她合上照片簿子。

母亲站在房门口，像是知道女儿在想什么，

“承欢，妈妈真是什么都没有给你。”母亲充满歉意。

承欢微笑：“已经够多了。”

为势所逼，身不由己，收入有限，有阵子家里连鸡蛋都吃不起，只能吃鸭蛋，淡绿色的壳，橘红色的蛋黄，不知怎么比鸡蛋廉宜，可是吃到嘴里，微微有一股腥气，不过营养是一样的。

他们曾经挣扎地过，后来才知道，原来母亲一直省钱寄到大陆内地的父母处。

十八岁生日，张老板知道消息，送来一条金项链，那是承欢唯一的装饰品。

大学时期她找到多份家教，经济情况大好，各家长托上托，拉着她不放，求她帮忙，据说麦承欢可以在半年内把五科不及格的学生教得考到十名以内，家长几乎没跪着央求。

最近想起来，承欢才知道那不是因为她教得好，而是社会富庶，各家庭才有多余的钱请家教。

到今天，她总是不忘送承早最好的皮夹克与背包，名牌牛仔裤皮带。

承欢看看表："我约了人喝咖啡。"

"我不等你们了。"

"我在咏欣家。"

那么多人搬出来，就是伯父母的爱太过沉重，无法交代。

承欢约了辛家亮。

临出门，他拨一个电话来说有事绊住，这个时候还在超时开会。

"我来接你。"

"也好，半小时内该散会了。"

承欢来到下亚厘毕道。

这种路名只有在殖民地时期才找得到，贻笑大方，路分两截，上半段叫上亚厘毕，下半段叫下亚厘毕，亚厘毕大概是祖国派来一个豆官的姓字，在此发扬光大。

承欢真情愿它叫上红旗路或是下中华路。

这与政治无关，难听就是难听。

承欢毫不介意旧上海有霞飞路，虽然这也不过是一个法国人的姓，但是人家译得好听。

不过，这个城市也有好处，至少能随意批评路名难听以及其他一切现象而无后顾之忧。

这一带入夜静寂之至，可是承欢知道不妨，时有警员巡过。

她坐在花圃附近等，大抵只需十分钟辛家亮便会出来。

她身边有一排老榕树，须根自树梢一排排挂下，承欢坐在长凳吸吸它喷出的氧气。

忽然有人走近，悄悄语声，是一男一女。

“怎么把车子停在此地？”

“方便。”

“你先回去，后天早上在飞机上见。”

女方叹口气。

男方说：“我已经尽力，相信我。”

说罢，他转身自教堂那边步行下山，女方走到停车场，开动一辆名贵跑车离去。

四周恢复宁静。

不过短短三五分钟，承欢觉得几乎一个世纪那么长。

他们没有看见她，真幸运。

但是承欢眼尖，趁着人在明，她在暗，认清一对男女的面孔。

女的她没见过，可是年轻俏丽，显然是个美女，而那个男人，是辛家亮的父亲辛志珊。

呆了半晌，承欢忽然微微笑起来。

不不，不是惊吓过度，而是会心微笑。

但立刻觉得不当，用手掩住了嘴。

这时，她听见脚步声，承欢连忙站起来现形。

来人正是辛家亮，他疲乏但高兴："来，一起去喝杯米酒松弛神经。"

"会议进行如何？"

"我下班后从来不谈公事。"

"为此我会一辈子感激你。"

他们循石级走下银行区。

辛家亮抬起头四周围看一看："这一带真美。"

承欢答："有个朋友移民之前有空就跑来站着赞叹

一番。”

“是感情作祟吧。”

“是的，渐渐人人都知道得到的才是最好的。”

辛家亮发觉了：“你为什么眯眯笑？”

“高兴呀。”

“与母亲重修旧好了吧？”

“嗯。”

是幸灾乐祸吗？当然不，麦承欢不是那样的人。

自从认识辛家亮之后，她便到辛家串门，亲自目睹辛伯母的日常生活与她母亲的天壤之别。

承欢大惑不解，为何同样年龄的女性，人生际遇会有那么大的差距。

内心深处，承欢一直替母亲不值。

今日她明白了，人人都得付出代价。

辛伯母养尊处优的生活背面，亦有难言之隐。

承欢微笑，是代她母亲庆幸。

辛家亮大惑不解：“咦，还在笑，何解，中了什么奖券？”

承欢连忙抿住嘴。

“我担心毛咏欣把你教坏。”

承欢说："你放心，我比毛毛更加顽劣。"

"也许是，你们这一代女性一个比一个厉害，受社会抬捧，目中无人。"

承欢答："是呀，幸亏如此，从前，出身欠佳，又嫁得不好，简直死路一条，要被亲友看扁，现在不同，现在还有自己一双脚。"

辛家亮忽然做动气状："这双脚若不安分我就打打打。"

承欢仍然笑："责己不要太严。"

辛家亮知道讲不过这个机灵女，只得握住她的手深深一吻。

承欢回到毛咏欣处，先是斟了一杯酒，然后同好友说："此事不吐不快，恕我直言。"

毛咏欣没好气："有什么话好说了，不必声东击西。"

承欢把她看到的秘密说出来。

毛咏欣本来躺在沙发上，闻言坐起来，脸色郑重叮嘱道："此事万万不能说与任何人知，当心有杀身之祸。"

咏欣看向好友："为什么？"

"记住，尤其不能让辛家亮晓得。"

承欢说："该对男女如此扰攘，此事迟早通天。"

“所以呀，何必由你来做这个丑人，以后辛家对你会有芥蒂，届时你的公婆丈夫均对告密者无好感。”

“可是——”

毛咏欣厉声道：“可是什么？跟你说一切与你无关！”

承欢点点头。

“记住，在辛家面前一点口风不好露出来。”

她们缄默。

过一刻承欢说：“如今说是非的乐趣少了许多。”

“社会在进步中，到底掀人私隐，是鄙劣行为。”

又隔一会儿，毛咏欣问：“那女子可长得美？”

“美娇袅。”

毛咏欣点点头：“他们后天结伴到外国旅行？”

“听口气是。”

毛咏欣说：“上一代盛行早婚，不到五十，子女已长大成人大学毕业，父母无事一身轻，对自己重新发生兴趣，一个个跑去恋爱，真是社会问题。”

“你不赞成早生贵子？”

“除非你打算四十二岁做外婆。”

“迟生也不好，同子女会有代沟。”

毛咏欣笑："不生最好。"

承欢把双臂枕在脑后："大学里为何没有教我们如何做人的课程。"

"资质聪颖不用教，像你我那样笨的，教不会。"

那夜承欢做梦，看到父亲向母亲解释："我那么穷，有谁会介入我们当中。"接着，她看到母亲安慰地笑。

承欢惊醒，第一次发觉穷有穷的好处，穷人生活单纯许多。

尤其是麦来添，品性纯良从不搞花样镜。

过一日，承欢试探地问辛家亮："我想同你父亲商量一下宴会宾客的事宜。"

"他明早有急事到欧洲去一个礼拜。"

"啊。"

"客人人数有出入无所谓，他不会计较。"

"是到欧洲开会吗？"

"有个印刷展览，他到日内瓦看最新机器。"

"辛伯母没同去？"

"她年头才去过。"

"将来你到哪里我都会跟着。"

“我看不会。”辛家亮笑说，“现在你都不大跟，都是我如影随形。”

“人盯人没意思，我尊重人身自由，你爱到什么地方就什么地方，决定不回来，同我讲一声。”

“这是什么话？”

“心里话。”

傍晚，承欢回家去。

自窗口看到母亲躺在床上睡午觉未醒。

一直以来，住所间隔都没有私隐可言，开门见山，任何人经过走廊，都可以自窗口张望，偏偏房门又对着窗口，一览无遗。

承欢轻轻开了门，隔邻娄太太索性明目张胆地探头进来。

“承欢，回娘家来了，有空吗？谈几句。”

“娄太太进来喝杯茶。”

“承欢，二十五年老邻居了。”

“是，时间过得真快。”

“小女小慧今年毕业，想同你请教一下前途问题。”

承欢连忙说：“不敢当。”

“我想她找份工作，赚钱帮补一下弟妹，她却想升学。”娄太太烦恼。

“功课好吗？”

“听说过得去，会考放榜好似六个优。”

“啊，那真该给她升学。”

“读个不休不是办法，两年预科三年大学，又来个五年，像什么话，岂非读到天老地荒，不如早些找出身好。”

承欢感慨万分，多少父母准备好大学费用，子女偏偏读不上去。又有人想升学，家长百般阻挠。

“你请小慧过来，我同她谈谈。”

“谢谢你，承欢。”

娄太太告辞，承欢到房中去看母亲，发觉她已醒。

承欢坐在床沿，目光落到挂在墙上的日历，她莞尔，记忆中母亲二十多年来都爱在固定的位置上挂一月历。

“……真不甘心。”

承欢没听清楚：“什么？”

麦太太叹口气：“真不甘心这样就老了。”

“妈，你还不算老，照目前准则，四十八岁，不过是中年人。”

“可是，还有什么作为呢。”

承欢忍住笑：“母亲本来打算做些什么？”

“我小时候，人家都说我像尤敏。”

“那多好。”

麦太太又吁出一口气：“可是你看我，一下子变为老妪。”

“也不是一下子，当年做了许多事，又带大两个孩子。”

眼睛老花，更年期征象毕露，如此便是一生，唉。

承欢终于忍不住笑出来：“母亲缘何长吁短叹？”

“为自己不值呀。”

承欢握住母亲的手：“人生必有生老病死。”

“我还没准备好，我真没想到过去十年会过得那样迅速。”

“是因为我要结婚所以引起你诸多感想吧？”

麦太太点点头：“谁知道我叫刘婉玉？老邻居都不晓得我姓刘。”

“我明天在门口贴一个告示。”

“活着姓名都埋没了，死后又有谁纪念。”

“妈妈，社会上只有极少数人可以扬名立万，而且，出名有出名的烦恼。”

那样苦劝，亦不能使麦太太心情好转，她一直咕哝下去："头发稀薄，腰围渐宽……"

承欢推开露台门看到海里去。

麦太太犹自在女儿耳边说："婚后可以跟家亮移民就飞出去，越远越好，切莫辜负青春。"

承欢笑了。

母亲老以为女儿有自主自由，其实麦承欢一个星期六天困在办公室中动弹不得。

"海的颜色真美，小时读书久了眼困了便站在此地看到海里去，所以才不致近视，不过近十年填海也真填得不像样子了。"

麦太太说："我做点心给你吃。"

"妈，你待我真好。"

毛咏欣曾说过，有次她连续星期六日两天去母亲处，她妈厌恶地劝她多些约会，莫老上门去打扰。

承欢记得毛毛说过："我有你那样的母亲，我一辈子不用结婚。"

麦太太这时说："许伯母问我：'承欢这样好女儿，你舍得她嫁人？'我只得答：'没法子，家里太小住不下。'"

承欢一时看着大海发愣。

电话铃响，承欢大梦初醒。

对方是辛伯母。

“承欢，我正好找你，明日下午陪我喝下午茶好不好？”

承欢叠声答：“好好，一定一定。”

辛伯母十分满意：“承欢你真热诚。”

“我五点半下班。”

“我来接你。”

承欢做贼心虚，莫是辛伯母知道她看到了什么？

不可能，谈笑如常即可。

这时麦太太站在厨房门口发愣：“我来拿什么？你瞧我这记性，巴巴地跑来，又忘记为啥事，年轻之际老听你外婆抱怨记性差，现在自己也一样。”

她在椅子上坐下，天色已昏暗，承欢顺手开亮了灯。

母亲头发仍然乌黑，可是缺少打理，十分蓬松。

承欢坐到她身边，握住母亲的手。

辛伯母是完全另外一回事。

发型整齐时髦，一看便知道是高明师傅又染又熨又修剪的结果，且必然定期护理，金钱花费不去说它，时间已非同小可。

承欢乖乖跟在辛伯母身后，她逛哪一家店，便陪她消遣，不过绝对不提意见，不好看是“过得去”，非常美是“还不错”，免得背黑锅。

如此含蓄温婉自然是很劳累的一件事。

幸亏大部分店家最晚七点半关门休息，挨两个钟头便功德圆满大功告成。

承欢庆幸自己有职业，否则，自中午十二点就逛起，那可如何是好。

她替未来婆婆拎着大包小包。

终于辛伯母说：“去喝杯茶吧。”

趁她上卫生间，承欢拨电话给辛家亮：“你或许可突然出现讨你母亲欢喜，以便我光荣退役。”

“累吗？”

“我自早上七点到现在了。”

“我马上到。”

在家养尊处优的妇女永远不知道上班女性有多疲倦。

辛伯母叫了咖啡蛋糕，一抬头，看到辛家亮，还以为谁同她儿子长得那么像。

“妈，是我。”

辛伯母欢喜得不得了。

辛家亮问：“为什么不把家丽也找来？”

“她约了装修师傅开会。”

“买了些什么？”

“不外是皮鞋手袋，都没有新款式，一有新样子，又人各一只，制服似的，唉。”

承欢苦笑，她们也有她们的烦恼。

“爸可有电话回来？”

承欢立刻竖起耳朵。

承欢记

伍·

年轻的女孩总是希望爱，激动脆弱的心，捧在手中，如一小撮流动的金沙，希祈有人接收好好照顾……几乎是一种乞求。

“有，不外是平安抵达之类。”辛伯母寂寥地低下头。

承欢连忙说：“过两日辛伯伯立刻就回来。”

辛伯母嘴角牵起一丝苦涩微笑。

到这个时候，承欢忽然觉悟，她是一直知道的。

至此，承欢对辛伯母改观，肃然起敬，何等的涵养功夫，衡量轻重，在知彼知己的情况下，她佯装不知，如常生活。

承欢对伯母体贴起来：“添杯咖啡。”

“不，我也累了，也该回家了。”

“我与家亮陪你吃饭。”

辛家亮在一旁拼命使眼色想时间归于己用，可是承欢假装看不见。

辛伯母很高兴："好，我们一家三口找家上海馆子。"

辛家亮叹口气，只得打电话去订位子。

辛伯母十分满足，一手挽儿子，一手挽媳妇，开开心心地离开商场。

承欢十分欣赏她这一点，根本人生不得意事常有八九，偶尔有件高兴事，就该放大来做，不要同自己过不去。

承欢点了五个菜，两个甜品："吃不下打包带回去。"陪着辛伯母好好吃了顿晚饭。

辛伯母兴致来了，问承欢："你可知我本姓什么？"

承欢一怔，她不知道，她没听辛家亮说过，也粗心地忘记问及。

忽然觉得辛家亮推她的手肘，塞一张纸条过来，一瞥眼，看到陈德晶三字。

承欢松口气，微微笑："伯母原是陈小姐。"

"承欢你真细心。"

承欢暗呼惭愧。

"我叫陈德晶，你看，彼时一嫁人，姓名都淹没了。"

承欢说："可是，那未尝不是好事，像我们这一代，事事以真姓名上阵搏杀，挨起骂来，指名道姓，躲都躲不过，又同工同酬，谁会把我们当弱者看待，人人都是抢饭碗的假想敌。”

辛伯母侧头想一想：“可是，总也有扬眉吐气的时候吧。”

“往往也得不偿失，可是已无选择，只得这一条路，必须如此走。”

辛伯母点头：“这样坚决，倒也是好事。”

她提起精神来，说到秋季吃大闸蟹的细节。

然后辛家亮建议回家。

他送未婚妻返家途中说：“你并不吃大闸蟹。”

“是，我老觉得有寄生虫。”

“你应当同母亲说明白，否则她会让你一餐吃七只。”

“又没到蟹季，何必那么早扫她兴。”

“太孝顺了，令我惭愧。”

“除非父母令子女失望，否则总是孝顺的多。”

“你这话好似相反来说。”

“是吗，子女优缺点不外遗传自父母，并无选择权，再差也不会离了谱。”

承欢是真的累了，回家卸妆淋浴，倒在小床上，立刻入睡。

半夜被噼啪的麻将声吵醒，原来楼下为输赢秋后算账吵了起来。

承欢怔怔地想，不把父母设法搬离此地，她不甘心。

母亲终身愿望是飞出去，她没有成功，现在寄望于承欢及承早。

承早帮她陆续把衣物搬往新家。

“唉。”那小子瞪大眼说，“娶老婆若先要置这样的一个家，那我岂非一辈子无望。”

“别灭自己志气。”

“有能力也得先安置父母再说呀。”

承欢大喜：“承早，我想不到你亦有此意。”

“当然有，我亦系人子，并非铁石心肠，谁不想父母住得舒服些，看着八楼黎家与十一楼余家搬走，不知多羡慕。”

“有志者事竟成，我与你合作如何？”

“一言为定。”

“三年计划。”

“好，姐，你付首期，我接着每月来分期付款。”

“姐相信你有真诚意。”

承早张望一下：“我可以带女友到你这里来喝茶吗？”

“欢迎。”

“这里体面点。”

“虚荣。”

“嘁，谁不爱面子。”

踏入20世纪90年代，承欢发觉四周围的人说话越来越老实，再也不耍花招，一是一，二是二，牌通通摊开来，打开天窗说亮话，输就输，赢就赢，再也不会拐弯抹角，不知省下多少时间。

承早伸个懒腰：“这么舒服，不想走了。”

恰恰一阵风吹来，吹得水晶灯璎珞叮叮作响。

承早忽然说：“姐姐真好，总会照顾弟妹，姐夫亦不敢招呼不周，哥哥则无用，非看嫂子脸色做人，连弟妹也矮了一截。”

承欢纳罕：“你怎么知道，你又没大哥大嫂。”

“可是同学梁美仪有三对兄嫂，家里都有用人，可是她母亲六十多高龄还得打理家务，还有，母女到了他们家，用人自顾自看电视，茶也没有一杯。”

承欢笑道：“你莫那样待你母亲就好。”

“真匪夷所思。”

承欢一味拿话挤他：“也许将来你娶了个厉害角色，也就认为理所当然。”

承早怪叫：“不会的不会的。”

承欢微微笑。

迟三五七年自有分晓。

“你放心，有我在，没人敢欺压我母亲。”

“美仪说，她是幼女，没有能力，她母亲心情差，又时常拿她出气。”

“不要急，总有出身的那一天。”

承早点点头。

“你好像挺关心这位梁同学。”

“也没有啦，她功课好，人聪明，我有点钦佩。”

承欢看他一眼。

承早又说了关于梁美仪的一些琐事：“真可怜，老是带饭到学校吃，别人的菜好，她只有剩菜，有时连续三五天都是一味白煮蛋，要不，到馆子也只能吃一碗阳春面，连炸酱面都吃不起。”

“你有无请她喝汽水？”

“她不大肯接受。”

承欢微微笑，这不是同她小时候差不多吗？经济拮据，为人小觑，可惜，当年读的是女校，没有男生同情她。

“有机会，介绍她给姐姐认识。”

“是。”

“但是，切勿太早谈恋爱。”

承早忽然笑：“那是可以控制的一件事吗？‘我要在二十八岁生日后三天才谈恋爱。’可以那样说吗？”

承欢白他一眼。

“不过你放心，只有很少人才会有恋爱这种不幸的机会，大多数人到时结婚生子，按部就班，无惊无险。”

承欢揶揄他：“最近这一两个月，你人生哲学多得很哩。”

“是吗？”承早笑，“一定是我长大了。”

他是长大了，身材高大，胳膊有力，连做他姐姐都觉得这样的男生靠在他肩膀上哭一场将会是十分痛快的事。

“在改善父母生活之前，我是不会结婚的。”

承早不知道，这其实是一个宏愿，但总比想改善国家要容易一些。

承欢长长呼出一口气。

“你不相信我？”承早多心。

“你这一刹那有诚意，我与爸妈已经很高兴。”

承早看了时间：“我要练球去了。”

此刻，篮球仍是他的生命。

承欢知道有许多小女生围着看他们打篮球，双目充满憧憬，那不过是因为年轻不懂事，稍后她们便会知道，篮球场里的英雄，在家不过叫大弟小明，痛了一样会叫，失望过度照样会哭。

年轻的女孩总是希望被爱，激动脆弱的心，捧在手中，如一小撮流动的金沙，希祈有人接收好好照顾……几乎是一种乞求。

承欢早已经看穿，她取过手袋：“来，我们分道扬镳。”

她立定心思，婚后决不从夫，老了决不从子，耄耋之际无事与毛咏欣二人跑到沙滩上去坐着看半裸的精壮小伙子游泳，品头论足，要多无聊就多无聊，可是决不求子孙施舍时间金钱。

也许，这同承早想提升父母生活一样，是一个不可实践的奢望。

可是，这一刻的诚意，已使承欢自己感动。

她约毛咏欣看电影。

咏欣说：“有次失恋来看电影，付了大钞，忘记找赎。”

承欢看她一眼笑：“你仿佛失恋多次。”

“其实是夸大，但凡无疾而终，通通归咎失恋。”

“那多好。”承欢点点头，“曼妙得多。”

毛毛忽然说：“有人问你怎么会与我做朋友，性情南辕北辙。”

承欢诧异：“可是我俩自有许多类同之处，我们工作态度认真，对生活全无幻想，说话直爽，不晓得拐弯抹角，还有，做朋友至重要一点：从不迟到，从不赊借。”

“我与你，真有这许多优点？”

“好说，我从不小觑自己。”

“这点信心，是令堂给你的吧？”

承欢颔首：“真得多谢母亲，自幼我都知道，无论世人如何看我，不论我受到何种挫折，在我母亲眼中，我始终是她的瑰宝。”

毛毛点点头：“我羡慕你。”

“别看戏了，黑墨墨，没味道，开车送我到沙滩走走。”

毛毛连忙称是。

她们到海旁去看裸男。

毛毛说：“最好三十岁多一点，腰短腿长，皮肤晒得微棕，会跳舞，会开香槟瓶子，还有，会接吻。”

承欢笑道：“这好像是在说辛家亮。”

毛毛嗤一声笑出来：“情人眼里出西施。”

承欢举起双手：“情人是情人，与丈夫不同。”

“你有无想过留个秘密情人？”

承欢惆怅：“我连辛家亮都摆不平，还找情人呢。”

毛咏欣亦笑。

有人扔一只沙滩球过来，接着来拾，是一个七八岁洋童，朝她俩笑。

“有眷免谈。”

承欢同意：“真是老寿星切莫找砒霜吃。”

毛毛看着她笑：“你真是天下至清闲的准新娘子。”

“我运气好，公寓及装修全有人包办，又不挑剔请什么人吃什么菜穿什么礼服，自然轻松。”

“是应该像你这样，船到桥头自然直。”

承欢笑笑。

毛咏欣想起来：“辛老先生回来没有？”

承欢摇摇头：“仍在欧洲。”

“老先生恁地好兴致。”

“他并不老。”

“已经娶儿媳妇了。”

“他仍要生活呀。”承欢微微笑。

那是人家的事，与她无关，事不关己，己不劳心，她一早已决定绝不多管闲事。

那天自沙滩回去，承欢耳畔仍有沙沙浪声，她有点遗憾，辛家亮绝对不是那种可以在晨曦风中与之踏在浪花中拥吻的男伴。

可是，希望他会是一个好丈夫。

电话铃响。

“承欢？我爸在法国尼斯心脏病发入院急救，此刻已脱离危险期，明早起程飞返家中。”

承欢“啊”的一声，生怕有人怪她头脚欠佳。

“幸亏没有生命危险。”

“不。”辛家亮声音充满疑惑，“不只那样简单。”

“你慢慢说。”

东窗事发了。

“他入院之事，由一位年轻女士通知我们。”

承欢不语。

“那位女士，自称是他朋友，名字叫朱宝翘。”

一定是那晚承欢见过的美貌女郎。

“这女人是谁？”

“我不知道。”承欢立即否认。

“你当然不会知道，可是母亲与我都大感蹊跷。”

“也许，只是……同伴。”

“怎么样的同伴？”

承欢不语。

“多久的同伴？”

承欢不敢搭腔。

“她声音充满焦虑忧愁，你想想，她是什么人？”

当然只有一个答案。

“承欢，她是他的情人。”

承欢虽然早已知情，此刻听到由辛家亮拆穿，还是十分吃惊，“啊”的一声。

“母亲心情坏透了。”

“可要我陪她？”

“不用，家丽已经在这里。”

紧要关头，麦承欢始终是个外人，这也是正确的，她与辛家亮，尚未举行婚礼。

辛家亮说：“承欢，我想听听你的意见，你有空吗？我们在新居见。”

承欢愕然，问她？她一点意见也无，也不打算说些什么。

她同辛伯伯辛伯母还没来得及培养感情。

想到这里，承欢不禁羞愧。就这样，她便打算嫁入辛家。

“承欢，承欢？”

她如大梦初醒：“我这就去新屋等你。”

她比他早到，发觉电话已经装好，铃声响，是辛家亮打来：“我隔一会儿就到。”

又过了半小时，承欢坐在客厅沉思，对面人家正在露台上吃水果，有说有笑，十分热闹，承欢渴望回父母家去，金窝银窝不如家里狗窝。

这时，辛家亮到了。

他脸色凝重，像是大难临头的样子。

承欢心中暗暗可笑，这又不是什么大不了的事，辛伯母反应激烈是在意料之中，辛家亮则不必如此。

“承欢，我觉得难为情。”

承欢问：“事情已经证实了吗？”

“家丽四处去打探过，原来不少亲友都知道此事。”

“什么？”

辛家亮叹口气：“尤其是在公司做事的四叔，他说那位朱小姐时时出现，与父亲已有三年交往。”

承欢有点发呆，比她与辛家的渊源还久。

“父亲竟骗了我们这样长的一段日子。”

承欢忽然道：“不是骗，是瞒。”

“换了是你，你会怎么做？”

一听就知道辛氏姐弟完全站在母亲那一边。

“他大病尚未痊愈，自然是接他回家休养。”

“就那样？”

承欢终于忍不住发表意见：“你想当场审问父亲，如他不悔过认错，即将他逐出家门？”

辛家亮愣住。

“他是一家之主，这些年来，相信辛家一直由他掌权，你别太天真，以为抓到他痛脚，可以左右摆布他，他肯定胸有成竹。”

说太多了，这根本不像麦承欢。

可是这一番话点醒了辛家亮，他犹如头顶被人浇了一盆冰水，跌坐沙发里，喃喃道：“惨，爸没有遗嘱，母亲名下财产并不多。”

承欢啼笑皆非，没想到未婚夫会在此刻想到财产分配问题。

可是这其中也有悲凉意味，明明是他承继的产业，现在要他与人瓜分，辛家亮如何压得下这口气。

“我要回去劝母亲切勿吵闹，承欢，谢谢你的忠告。”

“明日可需要我去接飞机？”

“承欢，你是我的右臂。”

他匆匆离去与母后共议大计来应付父王。

一杯斟给他的茶渐渐凉了。

承欢叹口气，站起来，跟着离开公寓。

回到家中，看到母亲戴着老花镜正在替承早钉纽扣，父亲在一角专心画一张新棋盘。

承欢忽然满意了，上帝安排始终是公平的，每个人得到一点，也必定失去一点。

她轻轻坐下来。

麦太太放下衬衫：“承早自小到大专爱扯脱纽扣。”

“叫他自己钉。”

“他怎么会。”

“叫他女友做。”

“还没找到呢。”

“催他找，原来没这个人，也相安无事，一旦找到，立刻叫这名女孩做家务、跑腿、照顾老人，还有，出生入死，生儿育女。”

麦太太笑：“以前娶媳妇，真像找到一条牛。”

“现在时势不一样了，儿子白白变成别人女儿的饭票。”

“那也要看对方人品如何。”

“教育承早，千万别娶婚后不打算工作的女子。”

“咄，你妈我也从来没有职业。”

承欢搔着头皮，咦，这倒是事实。

“不少有优差的女孩子全副薪水穿身上或交娘家，其余还不是靠丈夫。”

轮到承欢跳起来：“欸，这不是说我？”

第二天下午，承欢特地告假去接辛志珊。

他坐着轮椅出来。

后边跟着那粗眉大眼高挑身段的朱小姐，人家虽然经过许多折腾，可是看上去仍然十分标致。

辛家亮一个箭步上前说：“爸，回家再说。”

可是朱宝翘用肯定的语气道：“救护车在门口等，他须先去医院。”

头也不抬，吩咐护理人员把轮椅往大门推去。

承欢看到辛伯母双手簌簌发抖，一句话也说不出来。

辛家丽连忙蹲下问她父亲：“爸，你回家还是去医院？”

辛志珊很清晰地回答：“我必须住医院观察。”

轮椅一下子被推走。

他们一行四人接了个空。

辛伯母举步艰难，背脊忽然佝偻，一下子像老了二十岁，辛家姐弟只得搀扶她在咖啡座坐下，承欢做跑腿，去找了杯热开水。

辛伯母一霎时不能回到现实世界来，承欢觉得十分残忍，可是为着自己着想，又不能开口劝导。

辛家丽声音颤抖："承欢，旁观者清，你说我们应该怎么办？"

承欢说："先把伯母送回家，我们接着去医院。"

辛家亮头一个赌气说："我不去！"

承欢劝说："他总是你父亲，也许有话找你说。"

家丽已无主张："承欢说得有道理。"

"哪家医院？"

"回家一查便知道。"

一看，辛伯母仍然双目迷茫，毫无焦点，注视远方。

承欢忍不住坐到伯母身边去，在她耳畔说："伯母，要嚷便嚷，要斗便斗，千万不要自暴自弃。"

这一言提醒了梦中人，辛太太一捶胸，号啕大哭起来。

承欢反而放心，哭出来就好。

大家连忙离开飞机场往家跑。

承欢负责查探辛志珊到了哪家医院。

匆忙间电话铃响，承欢接听："辛公馆。"

那边问："你是承欢？"认出她声音。

承欢一愣："哪一位？"

"我是朱宝翘，适才匆忙，忘了告诉你们，辛先生住求恩医院。"

"谢谢！"

朱宝翘笑笑："不客气。"

这个电话救了他们，现在他们可以名正言顺去探望父亲，天地良心，这朱宝翘不算不上路了。

辛家亮叫姐姐："来，我们马上走。"

辛家丽摇摇头："你们去吧，我留下陪妈妈。"

到头来，有女儿真正好。

承欢去握住家丽的手。

家丽说："不要争什么，只要父亲健康没问题就好。"

承欢激赏这种态度。

她与未婚夫又马不停蹄赶至医院。

那朱宝翘也十分劳累，正坐在接待室喝咖啡。

看见他们，她站起来。

"医生已看过辛先生，还需留院数天。"

辛家亮这才看清楚了父亲的女友，她年龄与他差不多，观其眉宇，已知她聪明果断，并且言行之间有种坦荡荡无所求的神情。

他原先以为她是狐狸精，斜视媚行，风骚入骨，吸男人精血为生，现在看来，觉得不大像，她皮相同一般亮丽的女性都会差不多。

乘坐那么久的一趟长途飞机，又紧急在医院照顾病人，真是何苦来。

承欢大惑不解，辛志珊并非有钱到可以随时掷出一亿几千万来成全任何人的财阀，由此可知朱宝翘付出与收入不成比例。

世上有的是英俊活泼的小伙子，承欢本人就从来不看中年男人，她嫌他们言语啰唆，思想太过缜密，还有，肉体变形松弛，头发稀疏……

将来辛家亮老了，那是叫作没有办法的事，大家鸡皮鹤发，公平交易，可是此刻麦承欢是红颜之身，叫她服侍年纪大一截的异性，她觉得匪夷所思。

对方再有钱有势，她也情愿生活清苦点。

坦白说，她不明何以这位朱小姐会同辛志珊在一起。

她听得辛家亮问：“出院后，我父亲到什么地方住？”

这回连他都看出苗头来。

朱宝翘回答："待会儿你问他。"

她把头发往后拢，露出额前心形的发尖，怎么看都是一个漂亮的女子。

辛家亮忽然说："他已经五十三岁了。"

朱宝翘抬起头来："我知道。"

两人心平气和，像朋友一样。

"我与承欢，将于下月结婚。"

朱宝翘露出疲乏笑容："恭喜你们。"她一点也没有退缩的意思。

承欢愿意相信这是爱情，因此更觉神秘。

看护推门出来："辛先生问，辛家亮来了没有？"

辛家亮连忙拉着承欢一起走进病房。

辛志珊躺在病床上，外形同平时当然不一样，脸皮往两边坠，十分苍老。

辛家亮往前趋，承欢站在一旁。

将来，瞻仰遗容，也必定同一情况。

只听得辛志珊轻轻说："在鬼门关里打了一个圈子回转来，险过剃头。"

承欢神不知鬼不觉地偷偷一笑，心想有年轻貌美的红颜知己陪伴，到哪里逛都乐趣无穷。

他说下去："这次经历，使我更加珍惜眼前一切。"

他终于找到借口。

"我不能再辜负宝翘，出院后我将搬出去与她在一起。"

果然如此。

"我会亲口同你母亲讲清楚。"

辛家亮大为困惑："可是——"

"财产方面，我自然有所分配。"

辛家亮忙说："我不是这个意思。"

他父亲老实不客气地说："你当然是这个意思，人之常情，无可厚非，我自然不会叫你照顾你母亲，财产分三份，你与家丽一份，我与你母一人一份，我会吩咐律师公布。"

辛家亮无奈，不敢不答应。

辛志珊挥挥手："我累了。"

辛家亮只得站起来。

"慢着！"他父亲又说，"承欢，我想单独与你说几句话。"

承欢有点意外。

辛家亮亦扬起一条眉："我在外头等你。"

承欢走过去。

辛志珊微微笑："别人的女儿怎么会这么聪明！"

承欢知道这是在说她，不胜讶异。

"谢谢你替我保守秘密。"

啊，承欢恍然大悟，那天晚上，她看见了他们，他也看见了她。

承欢微笑，不作声。

"你怎么看这件事？"

承欢面子上什么都不做出来，心中却想：辛伯伯，色字头上一把刀。

他又说："将来，孙子有你一半聪明缄默，我家就受用不尽了。"停一停，"你出去吧，叫宝翘进来。"

"是。"承欢答应一声。

回家途中，辛家亮好比斗败公鸡。

他不住抱怨："可不要把印刷厂分给我，我见了都头痛。"

承欢觉得可笑，只得安慰他："真不喜欢，也可以卖掉，生财工具出让，七成新，价廉物美。"

“人家会怎么想。”

“现在，好像已经没有人管谁怎么样想了。”

辛家亮抬起头：“他竟为着她放弃了一切：家庭、事业、金钱。”

“所以她跟着他呀。”

“我怎么同母亲说？”

“他自己会开口。”

“怎么开得了口！”

承欢不语，当然开得了口，他又不是第一个那么做的人，子女都已成家立室，责任已完，还有什么开不了口的事。

承欢这时做了一件十分勇敢的事：“我不陪你回家了。”

“承欢我需要你。”

承欢说：“朋友再陪你，此事已成事实，必有一番扰攘，一时摆不平，请留前斗后。”

辛家亮知道这都是事实。

“还有，我们的婚礼势必不能如期举行，你去推一推。”

“承欢，真抱歉。”

“不要紧，大可先注册……这个慢慢再谈吧。”

她自己叫车子走了。

母亲在家门口等她："怎么一回事，承欢，怎么一回事？"惶惶然慌张万分。

承欢坐下来："辛伯伯忽然得了急病。"

"有无生命危险？"

"不碍事。"

"他们有无嫌你不吉利？"麦太太紧张兮兮。

承欢啼笑皆非："妈，你真想得到。"

"只得往后挪三两个月。"

"哎呀，好事多磨。"

承欢微微笑："可不是。"

麦太太大惑不解："你好似不甚烦恼。"

承欢笑说："搔破了头皮，有什么用？"

"怎么会生出这许多枝节！"

"都是你。"承欢有心同母亲开玩笑，"当初旅行结婚，省时省力，我早已是辛太太，还用拖至今日呢。"

谁知她母亲脸上一阵红一阵青，当真懊悔。

陆·

这是一个奇怪的社会，但求生存，不问手段，但是我相信你我本性善良，凡事不会过火。

她一声不响到房中，翻出缝衣机，做起窗帘来。

承欢跟进去。

缝衣机叫蝴蝶牌，车身上有金漆蝴蝶标志，由母亲二十余年前自上环某拍卖行内以三十元购得，旧货，可是一直用到今日。

承欢把手按在母亲肩上："放心，妈妈，我不会嫁不出去。"

麦太太落下泪来。

"缘何担足心事？"

"不知怎的，近日我中门大开，凡事伤感，时时悲从中来。"

或许是更年期内分泌失常影响情绪，要看医生。

“我约了毛咏欣。”

“你去散散心。”

在门口，承欢发觉人影一闪。

“谁？”

那人影缓缓现形。

一张非常年轻的面孔，化着浓妆，眉描得太深，胭脂搽得太红，可是脂粉贴在脸上显得油光水滑，一点也不难看。

承欢辨认半晌，冲口而出：“娄小慧。”

“是，麦姐，正是我。”

承欢笑问：“参加什么舞会？”

小慧忸怩：“我上训练班。”

“什么班？”

“香江小姐选举的训练班。”

啊，承欢悚然动容，陋室多明娟，又一个不安于室的美貌少女将脱颖而出了。

承欢细细打量她：“我听你母亲说，你想出外读书。”

小慧笑：“将来吧，先赚点钱再说。”

“你想清楚了？”

“只得这条路罢了，先赚点名气，以后出来走，无论做事嫁人也有些什么傍身。”

“那不是坏事。”承欢颔首。

“我妈叫我来问你拿些忠告。”

承欢讪笑：“我有的也不过是馊主意。”

小慧一直在笑。

“你今年几岁？”

“十八了。”

穷人的子女早当家，十八岁就得出来靠自己双手双脚站稳，前辈父兄叔伯阿姨婶婶爱怎么嘲笑揶揄践踏都可以。

穷家女嘛，谁会来替她出头，再欺侮她也无后顾之忧。

承欢想到此处，牵牵嘴角：“事事要自己争气。”

“是，麦姐。”

“气馁了，哭一场，从头再来。”

“是，麦姐。”

“总有十万八万个人要趁你不得意之际愚弄你。”

小慧骇然：“那么多？”

“可是记住，成功乃最佳报复。”

小慧握住麦承欢的手："麦姐，虚荣会不会有报应？"

承欢想一想："要是你真够虚荣，并且愿意努力争取，你的报应会是名利双收，万人敬仰。"

娄小慧笑得弯腰。

承欢叹口气："这是一个奇怪的社会，但求生存，不问手段，但是我相信你我本性善良，凡事不会过火。"

小慧说声时间已到，匆匆而去。

承欢看着她的背影，那是一个美丽的V字，肩宽、腰细、丰臀、长腿。

这是一个十分重功利美色的都会，长得好，且年轻，已是最佳本钱。

这自然是一条凶险的路，可是，你不是要搏出头吗，既然如此，豺狼虎豹，利箭穿心，也只得冒死上路。

承欢见到了毛咏欣，不禁叹一声："你我已年老色衰。"

毛毛嗤一声笑："过了十八二十二，自然面无人色。"

"要利用青春，真不该在大学堂里浪费时日。"

毛毛点头："一进学堂，如入酱缸，许多事碍于教条，做不出来，难以启齿，是以缚手缚脚，一事无成。"

“可不是，动辄想到寒窗数载，吃尽咸苦，如不守住自己，既对不起那一沓沓抄的笔记，又亏欠了学问，充满悲恸，日日自怜，高不成低不就。”

毛咏欣笑：“结果一辈子下来，退休金还不够有能力的女子置一套首饰。”

“有没有后悔？”

毛咏欣吁出一口气：“没有，我脾气欠佳，只得一条路可走。”

“这一条路说法刚才也有人讲过。”

“谁，谁同我一般聪明智慧？”

承欢笑笑。

咖啡桌旁有外籍男子朝她们使眼色。

承欢惋惜：“已经秃了头顶，还如此不甘心。”

毛毛笑笑：“太无自知之明。”

“我喜欢男子有胸毛，你呢？”

毛咏欣骇笑：“我不会对这种猥琐的话题发表任何遥远的意见。”

承欢却肆无忌惮地讲下去：“浓稠的毛发至吸引我，所以他们的头发现在也越留越长，还有，一双闪烁会笑的眼睛也很重要，强壮、年轻的身体，加上一张会说甜言蜜语的嘴巴，懂得接吻……”

毛毛用一种陌生的目光看着好友。

承欢抗议：“我养得活我自己，我有权对异性有所要求。”

“你说的可不是辛家亮。”

“我知道。”

“承欢，婚约可是取消了？”

承欢点点头：“我与他都心知肚明。”

毛咏欣并没有追问详情，她抬头随意浏览：“让我们贪婪地用目光狩猎。”

“你一直不大喜欢辛家亮吧？”

“不，我也不是不喜欢他，他资质实在普通，而且看情形会一直平凡下去，而我同你，已经吃了那么多苦，何必还急急闷上加闷。”

承欢忽然问：“你有无见过真正俊男？”

“有，一次在温哥华笠臣街买鞋，那售货员出来与我一照面，我忽然涨红面孔，他就有那么英俊。”

咏欣诧异：“为何脸红？”

“因为想约他喝咖啡。”

“结果呢？”

“买了三双爬山靴，一双都用不着。”

“他有学问吗？”

“你真的认为学识很重要？”

承欢愕然：“不然，谈什么？”

“可是你看看进修学问的男人年过四十行为举止都开始似老妇人，五短身材面黄无须，共处一室，你真受得了？”

承欢不语。

毛咏欣笑：“想说话，找姐妹淘好了。”

对座那洋人过来搭讪：“请问两位小姐——”

承欢答：“这空位已经有人，我们已经约好朋友。”

那人只得退下。

她俩付账离去。

两人又在地铁车站絮絮不休谈了半晌才分手。

已经深夜，家里却还开亮着灯。

麦来添一见女儿：“好了好了，回来了。”

“什么事找我？”

莫非辛家又有意外?

麦来添说:“你明日告一天假去看祖母。”

啊,承欢心知肚明,毕竟八十多岁的老人了。

“开头是伤风,随即转为肺炎,指名要见你。”

“明早来得及吗?”

“医院说没问题。”

“那就明早吧。”

承早问:“我可需去?”

麦太太答:“没人提到你的名字。”

承早扮个鬼脸:“我乐得轻松。”

承欢也笑:“可不是,那又不是真的祖母,与我们并无血缘,且又不见得对我们亲厚。”

麦太太接上去:“是你爸这种憨人,动辄热面孔去贴人冷屁股,数十年如一日,乐此不疲。”

麦来添不语。

承欢自冰箱取出啤酒,与父亲分一瓶喝:“爸,想些什么?”

麦来添说:“她进门那日,我记得很清楚。”

承欢不语。

“听说是一个舞女，穿件大红旗袍，那时女子的装束真是奇异，袍叉内另加粉红长绸裤，喏，像越南人那样的装束，父亲极喜欢她，她从来正眼都不看我。”

麦太太在旁加一句：“她并吞了麦家所有财产。”

承早比较实际：“财产到底有多少？”

没人回答他。

麦来添说：“奇怪，半个世纪就那样过去了。”

他搔着芝麻白的平顶头。

承欢问：“她有什么话同我说？”

“不知道。”

麦太太说：“恐怕是要我们承担殓葬之事吧。”

“那可是一笔费用。”

“而且是极之可怕的一件事。”

“可是……”麦来添叹口气，“总要有人来做吧。”

麦太太摇头叹息：“真不公平。”

第二天早上，承欢五点整就起来了。

梳洗完毕，喝杯热茶，天蒙蒙亮，就出门去。

麦太太在门前送她。

“妈，自小学起你每早都送我出门。”

“多看一眼是一眼，妈妈有一日会先你而去。”

“那时我都八十岁。”承欢补一句。

麦太太微笑：“你打算活那么久？”

“咄，我自给自足，又不是谁的负累，上帝让我活多久我都受之无愧。”

“早去早回。”

“记得叫承早替我告假。”

麦太太颔首。

承欢还未完全睡醒，仗着年轻，撑着上路，她用的是公共交通工具。

即使那么早，车上也已经有七成乘客，都是莘莘学子，穿着蓝白二色校服，背着沉重书包上学。

承欢窃笑，如果他们知道前路不过如此，恐怕就没有那么起劲了吧。

承欢记得她小时候，风雨不改上学的情形，一晃眼，十多个寒暑过去。

承欢看着火车窗外风景，一路上通通是高楼大厦，已无郊外风味。

下了车，她叫了辆计程车：“长庚医院。”

看看表，已近七点。

车子在山上停下，承欢伸一伸懒腰，走进接待处，表示要探访麦陈好。

接待员说：“探病时间还没有到。”

可是有看护说：“她有预约，麦陈好已进入弥留状况，请跟我来。”

承欢缄默镇定地跟着看护走。

令她觉得奇怪的是祖母并没有躺着，她舒舒服服坐在一张安乐椅上，双腿搁在矮几上，正在吸橘子汁。

承欢缓缓走近。

祖母抬起头来，承欢看清楚她的面孔，才知道医生判断正确。

她的脸浮肿灰暗，双目无光，显然生命已到尽头，所谓油尽灯枯，就是这个意思。

“谁？”

面对面，她知道有人，可是已经看不清楚。

承欢心一酸，坐在她身边：“是我，承欢。”

“呵，承欢，你终于来了。”

“祖母，你要见我？”

“是。”她思维似仍然清晰，“我有事同你说。”

“我就在这里，你请说吧。”

祖母微微笑：“你的脸，长得十足似你祖父。”

承欢十分意外，这是祖母喜欢她的原因吗？

“你父亲就不像他，一生赌气，从不给人好脸色看，完全不识好歹。”

承欢只得说：“他是老实人，不懂得讨好人。”

“承欢，昨日，我已立下字据，把我遗产赠予你。”

承欢说：“祖母留着自己慢慢用。”

“我不行了，很累，老想睡。”

“休息过后会好的。”

承欢对于自己如此巧言令色十分吃惊，难怪祖母只喜欢她一人，因为麦家其他人才不会说这种话。

祖母缓缓说：“一个人到最后，不过是想见自己的子女。”

承欢唯唯诺诺。

“我并无亲人。”

“祖母，我是你孙女。”

“真没有想到麦来添有你这样争气的女儿。”

“祖母太夸张了，我爸心中孝敬，一直教我们尊重祖母。”

“这么些年来你都叫我祖母，我留点嫁妆给你也是应该的。”她的声音低下去，像是在说什么体己话，“一个女人，身边没有些许钱傍身，是完全行不通的，到老了只有更惨。”

承欢不语。

“有钱，可以躲起来，少个钱，便想攒钱，人前人后丑态毕露。”

没想到她对人生百态了如指掌，承欢微微笑。

看护进来，也笑着说：“麦老太仍在说女人与钱的关系吧。”

承欢点点头，这话题连看护都耳熟能详。

看护帮她注射：“麦老太说得很正确，女人穷了又比男人更贱。”

承欢忽然加一句：“大人到底还好些，孩子最惨。”

看护叹息一声：“谁说不是，穷孩子还不如畜牲，我见过家中懒，一个月不给洗一次澡的孩子。”

刹那间病房内悲惨气氛减至最低，完全像朋友闲聊一样。

祖母不语。

承欢看到她的头轻轻一侧，往后仰去。

承欢警惕地唤："祖母，祖母。"

看护本来正打算离开病房，闻声转过头来，迅速把住病人的脉，另一手去探鼻息。

她讶异地说："老太太去了。"

承欢十分欢喜，这真是天大的福气，这叫作无疾而终，一点痛苦都没有，亲人侍候在侧，闲话女性必须有钱傍身，然后一口气不上来，就悄然而逝。

她轻轻说："按照华人的说法，我祖母前生必定做了什么好事。"

连年轻的看护都说："是，我相信。"

承欢站起来，她已完成送终的大业。

她轻轻走出医院。

在大门外等车，她看到一名臃肿的少妇正与家人等车，手中珍如拱璧般抱一新生儿。

承欢过去探头一看，那幼婴紫红脸皮，小小面孔如水晶梨般大小，闻声睁开黑白分明的眼睛来。

承欢笑了。

医院真是天底下最奇突的地方，生与死之重头戏都在这座剧场内演出。

承欢让他们母子先上车，她搭随后那辆。

她直接回办公室，先用电话与父母联络，然后照常处理公务。

辛家亮过来与她谈过十分钟。

“父亲与母亲摊牌，要求离婚。”

承欢问：“辛伯母怎么说？”

“她立即答允。”

呵，承欢对辛伯母刮目相看。是她狗眼看人低，老觉得辛太太不学无术，沉于逸乐，未料到她遇大事如此果断。

她语气充满敬佩：“君子成人之美。”

“承欢，你似乎不知事态严重，她分了财产决定往外国生活，那些钱永远归不到你同我手上。”

承欢笑笑：“我从来不觊觎他人钱财。”

辛家亮说：“在这件事上我与你有极大歧见。”

“家亮，我同你已有屋有田。”

辛家亮看看表：“我要回公司开会，散会再说。”

可是那个下午，有一位欧阳律师打电话来传承欢过去接收遗产。

承欢没想到祖母会老练能干得懂得雇用律师。

她听清欧阳律师公布遗产内容，不禁怔住。

“——铜罗湾百德新街海景楼三楼甲座公寓一层、北角美景大厦十二层丙座公寓一层，另汇丰股票……”

承欢一点都不感激这个祖母。

匪夷所思，这么些年来，她住在疗养院内一直冷眼看他们一家四口为生活苦苦挣扎，从不加以安慰援手。

承欢铁青着脸，有一次她险险失学，祖母见死不救，由得麦来添四处外出借贷，幸亏张老板大方慷慨，乐善好施，帮麦家渡过难关。

这老太太心肠如铁，带着成见一直到阴间去。

承欢待律师宣布完毕，问道：“我什么时候可变卖产业？”

律师答：“待交付遗产税后约一年光景吧。”

“我已决定全部套现。”

“我们可以代办。”

“好极了。”

“估计麦小姐可获得可观利润，财产接近八位数字。”

承欢露出一丝笑容。

真是意外。

她站起来道谢，麦承欢中了彩票呢，多么幸运，她离开律师写字楼，立刻去找毛咏欣。

好友在会议室，她在外头等，拿着一杯咖啡，看窗外风景。

祖母那样讨厌他们，终于还是把麦家的产业归于麦家，所以二世祖们从来不怕得不到遗产。

承欢在心中盘算，第一件事是置一层像样的公寓让父母搬出廉租屋。

把那种第十四座十八楼甲室的地址完全丢在脑后，换一个清爽大方的街名大厦名。

她微微笑。

毛咏欣一出会议室看到她：“承欢，你怎么来了？”

连忙与她进房间坐下。

一边关怀地问：“最近犯什么太岁，为何发生那么多事？”

“也没什么，还不是一桩桩应付过去，一天只得二十四小时，日与夜，天天难过天天过。”

“说得好。”

“咏欣，多谢你做我的好友。”

毛咏欣十分诧异：“哟，这话应当由我来讲。”

承欢告辞返回办公室。

同事对她说：“一位辛先生找了你多次。”

承欢猛地想起她与辛家亮有约。

电话接通了，辛家亮诉苦：“我已决定送一只寰宇通手机给你。”

承欢只是赔笑。

“出来开解我，我情绪极之低落，希望有人安抚。”

承欢遗憾地说：“还是做孩子好，不开心之际喉咙可以发出海豹似的呜咽，接着豆大眼泪淌下脸颊，丝毫不必顾忌。”

辛家亮说：“真没想到我会成为破碎家庭的孩子。”

承欢嗤一声笑出来。

破碎的家庭怎么样她不知道，可是麦家经济情况一向孱弱，也像随时会崩溃，承欢提心吊胆，老是希望可以快点长大，有力气帮这个家，一踏进十五岁，立刻帮小学生补习赚外快，从不缺课，因长得高大，家长老以为她有十七岁，她一直懂得照顾自己。

“你应当庆幸你已经长大成人。”

辛家亮承认这点：“是，这是不幸中大幸。”

“下班在楼下见。”

他们初次见面也下大雨，承欢为建筑署新落成文娱大楼主持记者招待会。

记者围住助理署长问个不休，矛头指向浪费纳税人金钱的大题目之上，那名官员急得冒汗，一直唤：“承欢，承欢，你过来一下。”命她挡驾。

招待会终于开始，辛家亮上台介绍他的设计，承欢离远看着他，真是一表人才，又是专业人士，承欢有点心向往之。

散会，下雨，他有一把黑色男装大伞，默默伸过来替她遮雨，送她到地铁车站。

承欢第一次发觉有人挡风挡雨的感觉是那么幸福。

他并没有即刻约会她。

过两日他到文娱馆去视察两块爆裂的玻璃，踌躇半晌，忽然问："麦承欢呢？"

文娱馆的人笑答："承欢不在这里上班，承欢在新闻组。"

他呵了一声。

这件事后来由同事告诉承欢。

又隔了几个星期，他才开始接触她。

开头三个月那恋爱的感觉不可多得，承欢如踏在九重云上，早上起来，对着浴室那面雾气镜理妆，会咯一声笑出来。

今天。

今天看得比较清楚了。

那个温文尔雅的专业人士的优点已完全写在脸上，没有什么好处可再供发掘。

最不幸是承欢又在差不多时间发现她自己的内蕴似一个小型宝藏。

他在楼下等她，用的还是那把黑色大伞。

"祖母去世有一连串事待办。"

这是辛麦两家的多事之秋。

不提犹自可，一提发觉初秋已经来临，居然有一两分凉意。

“婚期恐怕又要延迟了。”

“那么，改明年吧。”

“好主意。”

“起码要等父母离了婚再说。”

好像顺理成章，其实十分可笑，儿子不方便在父母离婚之前结婚。

伞仍然是那把伞，感觉却已完全不同。

雨下得极急，倘若是碧绿的大草地，或是雪青的石子路，迎着雨走路是一种享受。

可是这是都会里一条拥挤肮脏的街道，愤怒烦躁的路人几乎没用伞打起架来，你推我撞，屋檐上的水又似面筋那样落下。

承欢叹口气：“我们分头办事吧。”

辛家亮没有异议。

待过了马路，承欢忽然惆怅，转过头去，看到辛家亮的背影就要消失在人群中。

她突然极度不舍得，追上去：“家亮家亮。”手搭在他肩膀上。

他转过头来，那原来是个陌生人，见承欢是年轻美貌女子，也不生气，只笑笑道：“小姐你认错人了。

承欢再在人群中找辛家亮，他已消失无踪。

她颓然回家。

接着的日子，麦承欢忙得不可开交，在承早的鼎力帮忙下，姐弟二人把祖母的事办得十分体面。

牧师来看过，抱怨说：“花圈不够多。”

承欢立刻发动同事参与，又亲自打电话给张老板报告消息，亦毫不避嫌，托毛咏欣想办法。

结果三四小时内陆续送到，摆满一堂。

承早悄悄说：“好似不大符合环保原则。”

承欢瞪他一眼：“嘘。”

到最后，麦太太都没有出来。

承欢也不勉强她。

麦来添想劝：“太太，你——”

他妻子立刻截住他：“我不认识这个人，此人也从来不认识我。”

承欢觉得真痛快，做旧式妇女好处说不尽，可以这样放肆，全然无须讲风度涵养，只要丈夫怕她，即可快意恩仇，恣意而行。

麦太太加一句："我自己都快要等人来瞻仰遗容。"

出来做事的新女性能够这样胡作妄为吗？

这个小小的家虽然简陋浅窄，可是麦刘氏却是女皇，这里由她发号施令，不服从者即异己分子，大力铲除，不遗余力。

她最终没有出现。

承早说："姐，如今你这样有钱，可否供我到外国读管理科硕士？"

"你才刚开始进修学士学位，言之过早。"

"先答应我。"

"我干吗在你身上投资，最笨是对兄弟好，弟妇没有一个好嘴脸，大嫂虽然不好相处，到底年纪大，还有顾忌，弟妇是人类中最难伺候的一种人。"

"太不公平了，你我都还不知道她是谁。"

"我会考虑。"

承早说："真奇怪，人一有钱就吝啬。"

"无钱又吝啬些什么。"

电梯上遇见邻居陶太太戚太太，都问："承欢，快搬出去了吧？"

承欢赔笑不已。

“人家是富户了，这里是廉租屋，大把穷人轮不到苦。”

“陶太太，你也是有楼收租之人，你几时搬？”

电梯门一打开，承欢立刻急急走出。

两位太太看着她的背影。

“麦承欢婚事取消了。”

“为何这般反复？”

“好像对方家长嫌麦来添职业不光彩。”

“啊。”

什么谣言都有人愿意相信。

承欢独自站在走廊上，是，立刻要搬走了，有无恋恋之意？一点都没有。

自幼住在这大杂院般的地方，嘈吵不堪，每一位主妇都是街坊组长，不厌其烦地扰人兼自扰。

承欢愿意搬到新地方去，陌生的环境，邻居老死不相往来。

即使半夜听到有人尖声叫救命，也大可戴上耳塞继续照睡。

她兴奋地握着拳头，愿望马上可以实现了。

承欢看到母亲靠在门口与管理员打探："丙座将有什么人搬进来？"

承欢觉得难为情，把母亲唤入室内。

"不要去管别人的事。"

"我问问而已。"

承欢忽然恼怒："妈，一直教了你那么多年，你总是不明白，不要讲是非，不要理闲事！"

麦太太一怔："你这是什么意思？"

"并非每个主妇都得东家长西家短那样过日子，甄太太与贾太太就十分斯文。"

麦太太笑："你赶快搬走吧，这个家配不起你。"

承欢见她笑，立刻噤声，不再言语。

承欢最怕母亲对她笑。

电话铃帮她打开僵局。

对方是辛家丽，开口便说："闷死人了，要不要出来聊天？"

正中承欢下怀："什么地方？"

"舍下。"

"我二十分钟可到。"

承欢白天来过家丽的寓所，没想到晚上更加舒适。

通屋没有顶灯，座灯柔和的光芒使女性看上去更加漂亮。

“某君呢？”承欢笑问。

“出差到纽约已有一月。”

“那么久了？”承欢有点意外。

家丽诉苦：“又不能不让他做事，况且，我也不打算养活他，可是一出去，就跑到天边那么远。”

承欢不语。

“从头到尾，我吃用均靠自己，可是动辄夫家跑一大堆人出来，抱怨我不斟茶倒水，我连我娘都没服侍过，怎么有空去侍候他们。”

承欢说：“不要去睬他们。”

“可是渐渐就成陌路。”

“很多人都同夫家亲戚相处不来。”

“将来有什么三长两短可是个罪名。”

承欢温和地说：“顾不了那么多，刻薄的婆婆自然会碰到更刁钻的媳妇，把她活活治死。”

“承欢，你真有趣。”

“这是一个真的故事，我有一女友品貌不错，订婚后未来婆婆对她百般挑剔，不喜她离过一次婚，非闹得人知难而退不可，临分手，这老太太居然说：‘××，命中有时终须有，命中无时莫强求。’”

家丽笑得打跌：“有这种事，结果那家人娶了谁做媳妇？”

承欢感喟：“结果不到一年，老太太又四处宣扬儿子婚后一千八百都不再拿到家里。”

“碰到更厉害的角色了。”

“多好，恶人自有恶人磨。”

“可不是，命中有时终须有，被老太找到更好的了。”

柒·

有许多轻浮之人，精神永不集中，说起话来，心不在焉，哈欠频频，眼神闪烁，东张西望，讨厌之至。

家丽捧出龙虾奶油汤及蒜蓉面包。

“家丽，记住，无论发生什么，这段日子仍是你我生命中最好的几年。”

“真的，再下去就无甚作为了。”

二人对着大吃大喝。

“你与家亮之间究竟如何？”

承欢苦笑：“这上下还有谁有空来理我们的事。”

家丽亦黯然：“家父正式与那朱小姐同居了。”

“他似乎很珍惜这段感情。”

“因为他相信对方对他无所图。”

“他们会结婚吗？”

“我相信会。”

“会再生孩子吗？”

“那位朱小姐，不像是个怕麻烦的人。”

“那多好，孩子一出生就有大哥哥大姐姐。”

“承欢，你的字典里好似没有憎恨。”

“家丽，你会讨厌任何人的小孩子吗？”

“幼儿无罪。”

“可不是！”

她们二人举杯。

“你同家亮——”

承欢终于不得不承认：“已经告吹。”

“不会吧？”家丽无限惋惜。

承欢低下头。

“我见他最近精神恍惚，故问。”

承欢微笑：“他是担心父母之事。”

“你们之间有无人离间？”

“我没有，相信他也没有，大家被最近发生之家事打沉。”

“那更加应该结婚。”

承欢笑，家丽把结婚看成一帖中药，无论怎样都该结婚调剂一下，精神怠倦，生活乏味，结婚这件事怡情养性，止渴生津。

因为她出身好，此刻且已分了家，无后顾之忧，什么人爱见，什么人不爱见，都听她调排。

承欢身份不一样，她不能贸贸然行差踏错，你别看这都会繁华进步得要命，骨子里不中不西，不新不旧，究竟在一般人心目中，小姐比太太吃香，还有，如可避免，千万别做婚姻失败的女士。

麦承欢没有资格不去理会别人说些什么。

家丽忽然说：“……如果非看得准才结婚，可能一辈子结不了婚。”

承欢微笑。

“你对家有什么憧憬？”

承欢精神来了，对这个问题，她可不必吞吞吐吐，她可以直爽地回答。

“洗手间要宽大，放着许多毛巾，白色的厨房里什么厨具都有，可是只煮煮开水与即食面，环境宁静，随时一眠不起……”

家丽拍拍她肩膀：“我以为你会说只要彼此相爱，一切不是问题。”

“被生活逐日折磨，人会面目全非。”

看母亲就知道了，承欢心中无限惋惜，她开头也不至于如此乖张放肆。

承欢看看钟：“我要告辞了。”

“谢谢你来，以后我们可以多多见面。”

承欢嘴里应允，心中知道势不可能，她有自己的圈子，自己的朋友，学习与家丽相处，不外是因为辛家亮的缘故。

回到家楼下，看到一对青年男女在阴暗处相拥亲热。

承欢匆匆一瞥，十分感喟，俊男美女衣着光鲜在豪华幽美的环境里接吻爱抚堪称诗情画意，可在肮脏的公众场所角落动手动脚是欲火焚身。

无论什么时候社会都具双重标准。

与律师联络过，承欢开始去看房子。

承早跟着姐姐，意见十分之多，他坚持睡一房，可以关起门来做功课，如果家里够舒服，他情愿走读，不住宿舍。

弟弟多年来睡客厅，一张小小尼龙床，他又贪睡，周末大家起来了他独自打鼾，大手大脚地躺着，有碍观瞻，一点私隐也无，极损自尊。

残暴的政权留不住小民，破烂的家留不住孩子。

承欢很想留下弟弟，故带着他到处看。

“这间好，这间近学校，看，又有花槽，可以供母亲大施身手。”

“可惜旧一点。”

“价钱稍微便宜。”

“你倒是懂得很多。”

“你与经纪去喝杯茶，我马上接母亲来看。”

“父亲呢？”

“不必理会他的意见。”

“那不好，房子将用他母亲的遗产买。”

“那不真是他的母亲。”

承早一脸笑意，歪理甚多。

承欢只得说：“此刻无处去找父亲，你先把妈妈接来。”

那房屋经纪劝说：“麦小姐，你要速战速决，我下午有客人来看这层房子。”

承欢笑："不是说房产低潮吗？"

"低潮才容你左看右看，否则看都不看已有人下定。"

姐弟俩经一事长一智，面面相觑。

片刻麦太太到了，四处浏览过，只是不出声。

承欢观其神色，知道母亲心中满意，可是嫌用祖母遗产斥资所买，两个女人不和几达半个世纪。

承欢暗暗叹息，她们老式妇女真正想不穿，换了是麦承欢，一早笑容满脸，没口价赞好，世界多艰难，白白得来的东西何等稀罕，还嫌什么？

这是至大放肆，有恃无恐，反正女儿不会翻脸，能端架子岂可放过机会。

承欢再了解母亲不过了。

可是这性格琐碎讨厌的中年妇人却真正爱女儿，她是慈母。

承欢堆着笑问："如何？"

麦太太反问；"只得两房，你又睡何处？"

承欢答："我另外住一小单位。"

"分开住？"

承欢颔首。

“不结婚而分开住，可以吗？”

“当然可以。”

“人家会说闲话。”

承欢指指双耳：“我耳膜构造奇突，听不到闲言闲语，还有，双眼更有神功，接收不到恶形恶状的文字与脸谱。”

麦太太叹口气：“我想，时代是不一样了。”

经纪见她们母女谈起时势来，不耐烦地提点：“喜欢就好付定金了。”

这时麦来添也气吁吁赶到。

承欢大喜：“爸，你怎么来了？”

“承早打电话叫我来，这是什么地方？”

他一看到一角海景，已经心中欢喜，走到窗前去呼吸新鲜空气。

承欢便对经纪说：“我写支票给你。”

就这样敲定了。

承早高兴得跳起来。

姐弟到饮冰室聊天。

“祖母早些把钱给我们就好了。”

“也许，那时我不懂经营，反而不好。”

才说两句，有一少女走进来，两边张望。

承早立刻站起来。

少女直发，十分清秀，承早介绍："我姐姐，这是我同学岑美儿。"

噫，好似换了一个。

那女孩十分有礼，微微笑，无言，眼神一直跟着承欢。

承欢立刻有三分喜欢，这便是庄重。

有许多轻浮之人，精神永不集中，说起话来，心不在焉，哈欠频频，眼神闪烁，东张西望，讨厌之至。

承早愉快地把新家地址告诉女友。

承欢说："你们慢慢谈，我有事先走一步。"

她看房子的工程尚未完结。

公寓越小越贵，承欢煞费踌躇。

毛咏欣拍拍胸口："幸亏几年前我咬咬牙买了下来，否则今日无甚选择。"

承欢说："真没想到弄个窝也这么难。"

"全世界大城市均不易居。"

"可是人家租金便宜。"

毛咏欣纳罕问："人家是谁？"

承欢一副做过资料调查的腔调："像温哥华，六十万加币的房子只租两千二。"

"你这个人，那处的一般月薪只得三四千元！"

承欢吃惊："是吗？"

"千真万确，我一听，吓得不敢移民。"

承欢感慨："世上无乐土。"

"买得起不要嫌贵，速速买下来住，有瓦遮头最重要，进可攻退可守。"

"毛毛你口气宛如小老太婆。"

毛咏欣冷笑一声："我还劝你早日跟我多多学习呢，瞎清高，有的让你吃苦，才高八斗，孝悌忠信有个鬼用，流离失所三五年后，也就形容猥琐，外貌憔悴。"

承欢有点害怕，她怔怔地盘算，照咏欣这么说，世上最重要的事竟是生活周全。

毛咏欣见她面色大变，笑笑说："你不必惶恐，你处理得很好。"

"我从来不懂囤积投资炒卖什么。"

"可是你有个知情识趣的祖母。"

承欢笑出来。

父母开始收拾杂物搬家，承早看了摇摇头，发誓以后谨记无论什么都即用即弃。

承欢大惑不解："妈，你收着十多只空洗衣粉胶桶干什么？"

麦太太答辩："你小时候到沙滩玩就是想要胶桶。"

"妈，现在我已经长大，现在家中用不到这些垃圾。"

"对你们来说，任何物资都是垃圾，不懂爱惜！"

麦来添调解："五十年代经济尚未起飞，破塑胶梳子都可以换麦芽糖吃。"

承欢大奇："拿到何处换？"

麦来添笑："自有小贩四处来收货。"

"真有此事？"

"你这孩子，你以为这城市一开埠就设有便利店快餐店？"

麦太太说："那时一瓶牛奶一个面包都有人送上门，早餐时分，门口有卖豆浆小贩。"

"那倒是场面温馨。"

麦太太说下去："穷得要命，一块钱看得磨那样大，我还记得一日早上没零钱，父亲给我一块钱纸币，嘱我先买一角热豆浆，购买方式十分奇特，他有一只壶，里边先打一个生鸡蛋，拎着去，浇上豆浆，回到家鸡蛋刚好半熟，十分美味——”

承欢奇问：“一个鸡蛋？”

“他一个人吃，当然一个蛋。”

“小孩吃什么？”

“隔夜泡饭。”

承欢笑：“这我不明白了，把女儿当丫鬟似的支使出去买早餐，完了他自己享受，小孩子反而没的吃。”

“正确。”

“外公这个人蛮奇怪。”

麦太大道：“你听我说下去，我自小就笨，一手抓着一块钱，另一手拎着壶，一不小心，竟摔了一跤，壶倾侧，我连忙去看鸡蛋，蛋白已经流了一地，幸亏蛋黄仍在，连忙拾起壶，心突突跳，赶到小贩处，要一角钱豆浆，小贩问我拿钱，我说：‘我不是给了你一块钱？’小贩说没有，我吓得头昏眼花，连忙往回找，唉，果然，那块钱居然仍在路边，原来拾鸡蛋时慌张，顾此失彼，把纸币失落。”

“可怜。”承欢嚷，“彼时你几岁？”

麦太太微笑：“九岁。”

“怎么像是在晚娘家生活？”

麦来添讶异：“我从来没听过这故事。”

他妻子说：“因我从来不与人说。”

“一切都过去了，妈妈。”

“你且听我说完。”

“还有下文？”

“我把豆浆提回家中，如释重负，谁知我父亲吃完早餐，眼若铜铃，瞪着我骂：‘鸡蛋为何只剩半个？’怪我偷吃。”

承欢愣住。

麦太太轻轻说：“我一声不响，退往一边，几十年过去了，我没有忘记此事。”

承欢大惑不解：“可是你一直照顾他，直到他去世。”

麦太太点点头：“常骂我穷鬼穷命，讨不到他欢心。”

承欢更加不明白：“为何要他欢喜？”

麦来添笑笑：“承欢你不会了解，那是另外一个世界。”

承欢吁出一口气：“爸，多谢你从来不叫我替你买早餐。”

麦太太笑：“他天天替你买薯条，我们这一代最吃亏。”

麦先生说：“儿童地位是日渐提升了。”

“还有许多黑暗事。”

麦先生劝说：“算了，小时总由他养活。”

承欢摇头：“叫小孩去买早餐，真亏他想得出来，他的口福比小孩的自尊更重要。”

麦太太终于说：“这些塑胶桶无用，丢掉吧。”

环境好了，垃圾房什么都有，整件家具，冬季用过的尼龙被，通通懒得收，扔掉第二年重买，人人如此，不觉浪费。

一直到第二天，承欢犹自不能忘记母亲童年时那个鸡蛋。

她问好友：“毛毛，你会不会叫孩子出力你享福？”

毛咏欣说：“所以令堂脾性怪些你要原谅她。”

承欢叹口气：“我从未想过会不原谅她。”

承欢自己的小公寓也布置好了，她回辛家亮的家去拿东西。

自然预先知会过屋主，去到那里，发觉物是人非，承欢坐在床沿，无限感慨。

若不是母亲节外生枝，推延婚期，两人一早就出发去度蜜月了。

母亲其实亦秉承外公那一套，只不过她没有叫女儿去买早餐，她叫女儿去办酒席，都是违反子女意愿施展父母特权牺牲孩子使自己得益。

承欢轻轻对自己说：“我不会直接或间接左右子女。”

发完誓心中舒服不少。

她拎起行李，刚想走，有人按门铃，原来是辛家亮。

他特来招呼她：“喝杯茶。”

家丽买了许多柠檬香红茶包，此刻还是第一次用。

家亮斟了一杯给承欢，忽然有点落寞。“现在。”他说，“我是一个有过去的男人了。”

承欢笑得落下泪来。

她安慰他：“不要担心，某同某，各离婚三次与两次，在社交场所照样受欢迎。”

“家母已往伦敦去小住。”

“你们辛家倒是喜欢雾都。”

“比北美洲几个城市略有文化。”

“辛伯伯好吗？”

“他已完全康复，外貌与衣着均被朱女士改造得十分年轻。”

承欢莞尔，这是女性通病，男人在大事上影响她们，她们便在小事上回报。

“她可有叫辛伯伯染发换牙？”

“都被你猜到了，摆布他一如傀儡。”

“言重了，她也是为他好，打扮得年轻点无可厚非。”

辛家亮说：“印刷厂生意好得不得了，最近有份新报纸出版，已与他签下合同。”

“那多好。”

辛家亮旧调重弹：“可是辛志珊往后的财产，都与我无关了。”

承欢没好气：“你再说这种话，我必与你绝交。”

“对，你从来没看得起过我。”

“神经病。”

辛家亮微笑：“仍然肯这样亲昵地骂我，可见还是有感情。”

“来，帮我把箱子扛下楼。”

保安看见他们，连忙笑着招呼：“辛先生辛太太，怎么还未搬进来？”

承欢想，也许明年后年，他会发觉，那辛太太，不是她。

辛家亮如果愿意，很快会找到新欢，女性仍然温驯，向往一个家，盼望受到保护，男性只要愿意付出，不愁没有伴侣。

在停车场，承欢与辛家亮拥抱一下。

辛家亮没有放开她的意思。

他几乎有点呜咽：“让我们从头开始。”

“有此必要吗？”

“我愿意。”

也好，现在她亦有自己的家，彼此来往比较方便，也并不是贪图他什么。

祖母的遗产提升了承欢的身份。

所以在旧时，有能力的父母总是替女儿办份丰盛的妆奁，就是这个意思。

“承欢，我约你下星期三。”

承欢踌躇：“星期三我好像有事。”

“从前你未试过推我。”

“那时我不成熟。”

“你有什么事？”

承欢拍拍他肩膀笑道：“我的事多着呢。”

两人都明白，若要从头开始，不如另起炉灶。

不过，他们是少数事后仍然可以做朋友的一对情侣。

将来，辛家亮的伴侣在偶然场合见到麦承欢，会立刻用手圈着辛家亮臂弯，并且稍微酸溜溜地说：“是她吗？”

想到此处，承欢笑了。

那个女子一定长得比较娇小白皙，有一张秀丽的小圆脸。

“在想什么？”

承欢毫不隐瞒：“我们之间的事。”

辛家亮充满惋惜：“要不是父亲的缘故，我们早就结婚了。”

不知缘何有这么多阻滞，年轻人又容易气馁，一迟疑便跟不上脚步。

搬迁之前麦太太请邻居吃饭，就在走廊里架起台椅，热闹非凡。

人人都假装热诚，纷纷向承欢询问婚礼改期的原因，承欢不慌不忙对众太太们解释：“祖母突然去世了。”

这次搬家，感觉同移民差不多，有悲有喜。

霎时间离开这一群街坊组长，自然有点舍不得，以后一切荣辱都不再有人代为宣扬，何等寂寞。

可是，另一方面，又有飞上枝头的感觉，向往新生活，像那些初次接触西方民生的新移民，一点点小事乐半日："哎哟，外国人叫我先生呢，外国人对我道早安呢……"

对，麦太太心情完全一样。

搬家之事占据了她的心，终于轮到她飞出这狭小的天地。

在过去二十年内，一家接一家搬走，有办法的如许家李家只住了两三年，便匆匆离去，电话都没留一个，彼此消失。

就是他们麦家，长驻此村，一直不动。

陶太太说："我们做了十年邻居，看着承欢与承早长大。"

"有空到我们新家来。"

陶太太很坦白："我的孩子还小，哪里走得开。"

麦太太心想：我也不过是客套而已，你不必认真。

承早在小露台上把一株株植物小心翼翼地挖起栽进花盆里。

承欢问："这种绿色肥润有点像仙人掌似的植物到底叫什么？"

"这叫玉莲，那叫流浪的犹太人，一粒粒的叫婴儿的眼泪。"

"你倒知之甚详。"

"都很粗生，要有阳光，泥土疏爽，偶尔淋水即可。"

承欢忽然说："同华人一样。"

承早笑："文科生到底是文科生，联想丰富，感慨甚多。"

"是妈叫你把它们搬到新居？"

"妈兴奋过度，不记得这些了。"

"那么，是你的意思？"

"正是。"

"啊，这样念旧。"

"信不信由你，我有点不舍得这里。"

"你在这里出生，承早，我记得爸爸抱你回来的情形，小个子，一点点，哭个不停，妈一直躺着，十分辛苦，只能喝粥水。”

“你才三两岁，如何记得？”

“大事还是心中有数。”

“且问你，在这里之前，我们又住何处？”

“不记得了。”

麦来添走进来：“那时租人一间房间住，我在张老板的公司里做信差。”

承欢问：“在什么地方？”

“早就拆掉了，现在是鲗鱼涌最大的商场。”

“为什么叫鲗鱼涌？”

“整个城市一百年前不过是崎岖的渔港，不外是铜锣湾、肖箕湾那样乱叫，并无正其名。”

“你看，无心插柳柳成荫。”

麦来添颔首：“可不是，谁会想到祖母会把遗产给承欢。”

承早说：“姐姐够圆滑。”

“不，祖母说我长得像祖父。”

麦来添端详女儿：“像吗？”

这时麦太太满面红光进来说：“出来帮忙招呼客人好

不好？”

父子女齐扬声：“妈，你是主角，有你得了。”

仍然坐着闲话家常。

承欢问：“做信差，月薪多少？”

“两百八。”

“那怎么够用？”

“晚上兼职，替张老板开车。”

承早称赞道：“脑袋灵活。”

麦来添笑：“我根本没有驾驶执照，彼时考个执照并不容易，需台底交易，不过张老板交游广阔，拔刀相助。”

“那时她还是小姐吧。”

“嗯，年轻貌美。”

承早说：“听说早三十年，打长途电话是件大事，需一早到电讯局轮候。”

麦来添承认：“真落后，不知如何熬过来。”

承欢微笑，这倒罢了，没有传真机与录像机至多不用，至落后的是风气。

要到 1980 年政府机关才开始创办男女职员同工同酬，在这之前，同样职级，女性薪酬硬是低数百元，并且婚后不得领取房屋津贴。

他们三人一直聊至邻居散去。

承早取了一碟冷盘进来，与父亲对饮啤酒。

麦太太讶异：“没完没了，说些什么？”

“前尘往事。”

麦太太看着承欢：“你是想躲开那班太太吧？”

承欢点点头。

麦来添说：“都是你，把她私事宣扬得通了天，叫她下不了台。”

麦太太不作声，如今麦来添的地位也比从前好多了，麦太太相当容忍。

承欢连忙说：“没有的事，我自己端张梯子，咚咚咚地就下台来。”

“搬走也好。”麦太太笑，“不必交代。”

麦来添说：“以后在街上也会碰见。”

麦太太忽然理直气壮说：“距离太远，见不了。”

承欢不禁笑，许多人移民到温哥华，正沾沾自喜成为国际级人马，谁知冷不防一日去唐人街吃火锅，在店堂内看到所有人，包括十年前失散的表姐，十五年没说话的旧情人，以及大小中仇人。

世界那么小，怎么躲得了。

第二天一早，搬运车就来了。

天晴，真是托福。

工人把一箱箱杂物抬出去。

承欢冷眼旁观，只觉家具电器都脏且旧，它们在老家无甚不妥，一出街就显得不配，这里边自然也有个教训，承欢一时忙着指挥，无暇细想。

人去楼空，承欢与承早在旧屋中做最后巡视，没想到搬空之后面积更小，难以想象四个大人如何在此挤了这么多年。

新居要大一倍不止。

承早用手摸着墙壁，放桌子的地方有一条污垢。

承欢推一推他："走吧。"

其实没有什么值得留恋。

承早说："我们住在这个地方的时候，也不是不快乐的。"

"当然，随遇而安嘛。"

姐姐拉着弟弟的手，高高兴兴关上门。

她忘了一件事。

她没有告诉辛家亮，今日搬家。

麦太太步入新居，兴奋得泪盈于睫。

承欢温柔地对母亲说：“灰尘吹到眼中去了？”

麦太太忙用手去揉双目，承欢掏出湿纸巾，替母亲拭去泪印。

很久没有如此近距离注视母亲的脸，眼角皱纹深得一个个褶，抹都抹不开，颧骨上统是雀斑，似一片乌云遮着皮肤，苍老黯然，人人都会老，不稀奇，但这更多是多年粗糙生活的结局。

承欢心中一阵难过，一个人享福吃苦，有很大分别。

麦太太却说：“好了，还在抹什么。”

承欢这才怔怔地停下手来。

麦太太跑去躺在新床上，半掩门，背着众人。

承欢看到母亲熟悉微胖的身形，她习惯侧身睡，那样她可以护着怀内婴儿，凡是做母亲的睡姿都一样，用整个背脊挡着世界，万一有炮弹下来，先牺牲的也是她，可保住孩儿性命。

承欢可以想象当年她也曾躺在母亲怀里侧，安然入睡。

家具大致安放好，工人收了小费，便纷纷散去。

承早把一箱箱书抬进房中放好。

他说："终于有自己的房间了，今年已足足十九岁。"

承欢不语。

在这拥挤昂贵的都会中，自小要享有私人空间是何等奢侈之事。

承早扮一个鬼脸："迟总比永不好。"

承欢看着他笑。

"祖母其实一早住在疗养院里，财产用不着，为什么不早些发放给我们？"

承欢分析："老人习惯抓住权力，财产乃是至大权势。"

承早颔首。

"再说，她得来这些也不容易，活着，说不定有一日用得着，怎么肯放下来。"

"那倒是真的，再问你们讨还，可就难了。"

"不过，居然积存那么多，也真亏她。"

承早讪笑："说是钱，其实都是父亲童年与少年时的欢乐：一双鞋、一件玩具、一本新书……都给克扣起来成为老人的私蓄。"

承欢想起来：“爸一直说，他小时候老希望有一双老式滚轴溜冰鞋，可是祖父母无论如何没有买给他。”

“看，所以这笔财产其实属于他。”

“也好，属于延迟欢乐。”

麦太太打理厨房，给子女倒两杯茶，听见他们嘟嘟囔囔有说不尽的话，甚为纳罕。

“姐弟倒是有说不光的话题，我与手足却无话可说。”

承欢别转头来。“那是因为有人离间……”她笑，“趁离间承早与我的人尚未入门，先聊了再说。”

承早听懂了，因说：“我的女伴才不会那么无聊。”

“嘿！”

“现在女孩子多数受过教育有工作富有精神寄托，妯娌间比较容易相处。”

承欢挤眉弄眼：“是吗？”

承早推姐姐一下，把篮球塞到她怀中：“又不见你去离间人家姐弟感情。”

承欢不屑：“我怎么会去做这等伤天害理之事，我决不图将他人之物占为己有，我要什么，问老板要，问社会要。”

承早笑："我的女伴也一样有志气。"

麦太太说："那真是我们麦家福气，麦家风水要转了。"

语带些微讽刺之意，可是他们姐弟并不介怀。

承欢想征询父亲意见，他却在露台上睡着了。

脱剩汗衫短裤，仍然用他那张旧尼龙床，脸上盖本杂志，呼吸均匀。

承欢轻轻走到父亲身边，怜惜地听他打鼾。

捌·

心底把名利看得多轻是完全另外一回事，

在这种竞争的气氛下，

不由得人不在乎，不由得人不争气，

不由得人不看重名利得失。

如果一下子嫁出去，必定剥夺了与他相处的时间，她需要更多的时间与父母相亲，她不急于成为他人的母亲。

这不是一对不能相处的父母。

不易，但并非不能。

承欢忘记告诉辛家亮她搬了家。

辛家亮三天后找上写字楼来，无限讶异。

“你想摆脱我？”

承欢吃惊，莫非下意识她真想那么做。

“看你那有口莫辩的样子。”

“我忙昏了头了。”

“一个新发财的人突然发觉无法用光他的钱财之际会得神经错乱。”

“对不起，我承认过错。”

“麦承欢，你已比政府大部分高官聪明。”

“谢谢。”

“我拨电话，线路未通，何故？”

承欢期期艾艾：“号码好似改了。”

“上楼去找，但见人去楼空，油漆师傅正在抹油。”

“对不起。”

“你听听，一句对不起就误我一生。”

承欢见他如此夸张，知道无恙，反而微笑：“《终身误》是一首曲名。”

辛家亮看着她，叹口气：“我拿你没辙。”

“找我有要紧的事吗？”

“我想与你商量一件事。”

“请说。”

辛家亮吸进一口气：“我想恢复约会异性。”

承欢听了，高高兴兴地说：“请便。”

“你不介意？”

别说麦承欢真不介意，她若介意，行吗？

“恭祝你有一个新的开始。”

辛家亮目光温柔："你也是，承欢。"

他走了。

真是个不动声色的恶人，反而先找上门来告状，怪她处事不妥当。

承欢那一日情绪在极之唏嘘中度过。

传说良久的升级名单终于正式发放。

承欢一早听说自己榜上有名，可是待亲自目睹，又有种否极泰来，多年的媳妇熬成婆之感觉。

一大班同时升职的同事刹那间交换一个沾沾自喜的眼神，如常工作。

升不上去的那几个黯然神伤，不在话下。

心底把名利看得多轻是完全另外一回事，在这种竞争的气氛下，不由得人不在乎，不由得人不争气，不由得人不看重名利得失。

错过这次机缘就落在后头，看着别人顺水推舟，越去越远，还有什么斗志，还有什么味道。

承欢侥幸，她不想超越什么人，能不落后就好，至要紧是跟大队。

一位不在名单内的女同事说："承欢你替我听听电话，

我去剪个头发，去去晦气。”

承欢只得应声是。

自口袋摸出一颗巧克力放进口中，发觉味道特别香甜。

无论心中多高兴都切勿露出来，否则就似偷到油吃的小老鼠了。

可是声音有掩不住的明快。

临下班时接了一通电话。

“是承欢吗，我是朱宝翘，有无印象？”

承欢要抬起头想一想才知道她是谁。

现在辛家的人与事已与她没有什么大的关联。

“是，朱小姐。”

对方笑着说：“想约你到舍下喝杯茶。”

“好呀，对，辛先生健康很好吧？”

“托福，可养回来了，下午五时半我派车来接你如何？”

“没问题。”

总有人得偿所愿。

朱宝翘在车子里等麦承欢，接了客吩咐司机往南区驶去。

她对承欢说："辛先生有事到纽约去了。"

承欢一听，觉得这口气好熟，一愕，想起来，这活脱脱是从前辛太太的口气。

朱女士递上一只小盒子："承欢，送你的。"

承欢连忙说："我已与辛家亮解除婚约。"

那意思是，您不用争取我的好感了，我已是一个不相干的人矣。

可是朱女士笑道："我愿意同你做朋友。"

承欢连忙说："不敢高攀。"

"这样说，不等于不愿意吗？"

承欢笑："求之不得呢。"

兜了个大圈子，朱女士得偿所愿，叹口气："小时候你妈喂你吃什么东西，把你养得那么聪明。"

承欢诧异："你真觉得我还不算迟钝？"

"端的是玻璃心肝，水晶肚肠。"

承欢不由得发了一阵呆，老实招供："是慢慢学会的吧，穷家子女，不学得眉精眼明，善解人意，简直不能生存，吃次亏学次乖，渐渐变为人精。"

朱宝翘听了，亦深深叹息。

承欢讪笑："小时候不懂，脸上着了巴掌红肿痛不知道谁打了我，后来，又以为是自己性格不可爱，唉，要待最近才晓得，人欺人乃社会正常现象，我们这种没有背景又非得找生活不可的年轻人特别吃亏。"

朱宝翘看着她："你在说的，正是十年前的我。"

承欢有点意外。

"所以我特别感激辛先生。"

承欢深觉奇怪，辛志珊两任妻子都称他为先生，一刹时分不出谁是前妻谁是后妻。

渐渐朱宝翘在那个环境里服侍那个人会变得越来越像从前的辛太太。

当然，她此刻年轻得多漂亮得多，日子过去，岁月无情，两位辛太太的距离会日益接近。

车子驶抵辛宅。

承欢愕然，这间新屋与从前的辛宅不过是十分钟路程。

"请进来。"

布置当然簇新，海景极之可观。

房子如果写她的名字，朱宝翘下半生就没什么需要担心的了。

承欢今非昔比，对于房地产价格，略知一二。

朱女士绝口不提辛家之事，真纯与承欢闲聊。

“承欢。”她忽然问，“你有无遗憾？”

承欢哑然失笑：“一个人怎可能没有遗憾。”

“说来听听。”

承欢岔开话题：“说三日三夜也说不完。”

“大不了是十八岁那年某男生没有爱上你吧。”

承欢不甘心被小觑，便笑答：“不，不是这样的。”

朱宝翘知道，如果她想别人透露心事，她先得报上一点秘密。

“我的至大遗憾是出身欠佳。”

“英雄莫论出身。”

“可是吃了多少苦头。”

“那也不过栽培得你性格更加成熟老练。”

“还有。”朱宝翘说下去，“我们兄弟姐妹不亲爱。”

“嗯，那倒是一项极大损失。”

“你呢？”

“我？”承欢缓缓道来，“我自小到今都希望家母较为通情达理。”

朱宝翘点点头："子女无从选择。"

"还有，我假如长得略为美貌——"

朱宝翘睁大双目："还要更漂亮？"

好话谁不爱听，承欢十分开心，朱女士又不必故意讨她欢喜，可见说的都是真话。

"身段不够好，穿起泳衣，不能叫人刮目相看。"

朱宝翘笑不可抑。

承欢却不觉可笑："那真是一项天赋，同英俊的男生一般叫人眼前一亮，你说是不是？"

"你的遗憾微不足道。"

"好坏吗，我懊恼世界没有和平。"

她们大笑起来。

承欢看看表："我得告辞了。"

朱宝翘并无多加挽留："我叫司机送你出去。"

"下次再找我，两个人，聊聊天，我可以胜任，人多了我应付不来。"说得再坦白没有。

"我明白。"

席开二十桌就不必找麦承欢了，不然净是打招呼就已经整晚过去，累死了。

返回市区，承欢松口气，用锁匙打开小公寓大门，立刻踢去鞋子，往沙发里一倒。

要到这种时候才能读早报，真是荒谬。

她扭开电视看新闻。

电话铃响了。

是毛咏欣的声音。

“让我猜，一个人，边喝冰水，边看新闻，而前任男友已开始约会旁的女生，欢迎欢迎，欢迎麦承欢加入我们怨女行列。”她哈哈笑。

承欢问：“你很怨吗，看不出来。”

“我在等壮男前来敲门把我带到天之涯海之角去。”毛毛说，“我已不稀罕知识分子型异性，我宁择年轻力壮肌肉型。”

“毛咏欣你越发鄙俗。”

毛咏欣不以为意：“事到如今，还有什么话是不能说的。”

“这是真的，你若不释放自己，没有人能够释放你。”

咏欣趁机说：“今天我看到辛家亮与他的新女伴。”

承欢不动声色：“是吗，在何处？”

“在圣心教堂，一位朋友的婚礼上。”

“那女子长得可美？”

毛咏欣笑：“这通常是前度女友第一个问题。”

“快告诉我。”

“各人对美的水平要求不同。”

“胡说，漂亮就是漂亮。”

“你我都不会喜欢那种大眼睛小嘴巴。”

“为什么？”

“太过小家碧玉，皮鞋手袋衬一套，深色丝袜，永恒微笑。”

承欢一怔。

这像谁？

毛咏欣说下去：“男人就是这样，大学生找个中学生，中学生找小学生，一定要有优越感。”停一停，“喂，喂，你为什么不说话？”

“没什么。”

毛咏欣劝说：“他迟早要约会别人，你也可以见别人。”

“不不，不是这个意思。”

“承欢，放开怀抱，从头开始，我点到即止。”

她挂断电话。

承欢急忙翻出旧照片簿。

也是一个婚礼，是初识辛家亮之际他把她带去的，新娘是他表姐。

在婚礼上拍了好些照片，承欢挑了几张，珍藏在照相簿内。

看，小圆脸、大眼睛、小嘴巴、穿蓝色套装、白皮鞋、白手袋，话梅那样颜色的丝袜，刘海一丝不乱……

承欢嗤一声笑出来，这不是毛咏欣口中的小家碧玉吗。

还有，嘴角永远带笑，有种喜不自禁，蒙受恩宠的意味。

原来辛家亮喜欢的人，一直是这种类型。

不知自几时开始，麦承欢变了。

或许因有一夜要值通宵更，发觉白衬衫卡其裤最舒服，以后便不再劳驾套装。

也许因有一日风吹乱头发同事反而赞她好看，于是以后她不再一丝不苟。

更可能是因为在工作岗位久了，发觉成绩重要过外表，上司写起报告来，名贵衣着不计分。

于是一日比一日改变。

到了今日，她潇洒、时髦、爽朗，还有，非果断不可，已不是那可爱依人的小鸟了。

承欢把她近照取出看。

那是获悉升级之后一日在某酒吧内与同事拍摄的生活照。

麦承欢容光焕发，怎么看都不似刚与未婚夫解除婚约，大动作，捧着啤酒杯，咧开嘴笑，双目眯成一条线。

感觉上比从前的她更年轻。

那是信心问题，她又无须任何人来光照她，麦承欢本人已经光亮。

终于。

承欢倒在床上长长吁出一口气。

幸运的她在原位上升了上去，驾轻就熟，比调升到陌生部门舒服十倍。

人怎么没有运气，做官讲官运，做太太讲福气。

一些幼儿，刚生下来，父母忽然收入大增，搬大房子置大车，享受是不同。

承欢觉得她的运气已经转佳，熬过穷困青少年期，渐入佳境。

她收好照片簿安然入睡。

新家地方虽小，五脏俱全，而且环境宁静，不开闹钟，不会被任何杂声吵醒。

虽然平伸手臂几乎可以碰到客厅两面墙壁，可是承欢还是对小公寓珍若拱壁。

那是她生活荒漠中的小绿洲。

改天拿到房屋津贴再换一间大的。

真满足。

第二中午，接待处向承欢报告："麦小姐，有人找你。"

承欢去一看，却原来是承早。

女同事都向他行注目礼，这小伙子，进大学以来，益发显得俊朗。

可是承欢是他姐姐，一照面便知道他有心事。

"怎么了？"

"有无咖啡与二十分钟？"

"坐下慢慢聊。"

"姐，我已搬了出来。"

"几时的事？"

“昨天。”

“又回宿舍去了？”承欢大惑不解。

“不，宿舍已无空额，我住朋友家。”

“承早，那非长久之计，缘何离家出去？”

“因母亲蛮不讲理。”

承欢力劝：“你知道妈妈个性，你答应过尽量迁就。”

“可是你走了以后，我已失去你这块挡箭牌，现在她事事针对我，我真吃不消。”

“我置一个新家不外是想你们生活得舒服一些，为何不见情？”

“母亲天天与我吵，且偷听我所有电话。”

承欢微笑：“我也曾经受过此苦。”

“我记得有一次你补习学生来电告假，也受她查根问底，那十五岁的孩子吓得立刻换老师。”

“你要记住，承早，她是爱你的。”

“不。”承早拨拨头发，“我已决定搬出来住。”

“到我处来？”

“你地方不够，也不方便。”

承欢起了疑心：“你那朋友是谁？”

承早不答。

“又是男是女？”

“女子。”

承欢略为放心。

承早咳嗽一声：“她是一家时装店的老板，育有一名孩子。”

承欢立刻明白了：“这是几时发生的事，有多久了，你那些女同学呢，难怪母亲要不高兴。”

承早不语。

“你尚未成年，难怪她不开心。”

“母亲的担忧是完全不必要的，我知道自己在做什么？”

承欢凝视弟弟：“是吗，你知道吗？”

“我承认你比我更懂得讨父母欢心，可是你看你，姐姐，你统共没有自己生活，一切为了家庭牺牲。”

承欢瞪大眼睛。

“若不是为着母亲，你早与辛家亮结婚。”

“不，这纯是我私人选择。”

“是吗？姐姐，请你扪心自问。”

承欢立刻把手放在胸前：“我心甘情愿。”

承早笑了：“姐姐你真伟大。”

“搬出去归搬出去，有了女友，也可别忘记母亲，天下妈妈皆唠叨，并无例外。”

承早留下一个电话离去。

那日下班，承欢赶回家中。

只有父亲一人在家看报纸。

承欢说：“承早的事我知道了。”

麦来添抬起头来叹口气。

“妈呢？”

“不知道到何间庙宇吃素去了，她认为前世不修，应有此报。”

承欢啼笑皆非。

“你有无劝你弟弟？”

“我不知从何说起，他从前不是有好些小女朋友吗？”

“他说那些都不是真的。”

“现在，他与那位女士同居？”

“可以那么说，那位小姐还负责他的生活费以及学费。”

承欢发呆，坐下来。

“你母亲说你弟弟交了魔苦运，这套房子风水甚差，她天天哭泣，无福享用。”

承欢问父亲：“你怎么看？”

“我只怕他学业会受到影响。”

“我也是，余者均不重要，同什么人来往，也是他的自由。”

麦来添不语。

承欢试探问：“是母亲反应过激吧，所以把承早逼得往外跑。”

麦来添摊摊手：“可是我又无法不站在你母亲这一边，这个家靠她一柱擎天，在这个小单位内，她是皇后娘娘。这些年，她含辛茹苦支撑一切，我在物质上亏欠她甚多，如果还不能尊敬她，我就没有资格做她伴侣了。”

换句话说，这几十年来，他把妻子宠得唯我独尊，唉，他也有他的一套。

承欢不由得说一句：“爸，君子爱人以德，很多事上，你该劝母亲几句，我们也好做得多。”

“我不是君子，我只是一名司机。”

劝人自律，是天下一等一难事，自然是唯唯诺诺，得过且过容易得多，麦来添焉有不明之理。

“早晓得，这个家不搬也罢。”

承欢啼笑皆非，做多错多，承欢又一次觉得她似猪八戒照镜子，两边不是人。

想要讨得每个人欢心，谈何容易。

麦来添接着又没精打采地说：“我从来没想过要搬家。”

“爸，承早这件事，同搬家没有关系。”

麦来添抬起头：“承欢，那你去劝他回来。”

承欢站起来：“我尽量试试。”

家里所有难事，势必落在承欢身上。

她回家部署了一下，考虑了好几种策略。

投鼠忌器，打老鼠，怕伤到玉瓶儿，别人的女儿当然是老鼠，自家的兄弟必定是玉瓶，无须商榷。

她先拨电话去找承早，得知他在上课，于中午时分赶到大学堂。

承早自课室出来，看到姐姐，已知是怎么一回事，他素来尊重承欢，一声不响与她到附近冰室喝茶。

承欢二话不说，先塞一沓钞票给他。

承早讪讪地收入口袋。

“父母都怪我呢。”

承早意外："怎么怪到你头上。"

"这就叫作城门失火，殃及池鱼。"

承早不语。

"承早，先回家，其余慢慢讲。"

承早十分为难："母亲的意思是，一举一动都得听她调排，从头管到脚，我实在吃不消。"

"我自然会跟她说，叫她给你自由度。"

"在夹缝中总可以透到空气苟延残喘，算了，我情愿在外浪荡。"

"那么，我替你找地方住。"

"那该是多大的花费。"

"我的兄弟，怎么好寄人篱下。"

承早一直搔着头皮。

"带我去看看你目前住的地方。"

承早只是摆手。

"怕什么，是姐姐。"

女主人不在家，承欢要到这个时候才知道她叫汤丽玫，主持的时装店，就叫丽玫女服。

公寓狭窄，客人进门的时候，一个两岁大的胖小孩正在哭，脸上脏脏地糊着食物。

同屋还有一位老太太，是汤女士的母亲，见到承早，板起脸，“砰”一声关上房门，躲着不出来。

承欢微笑道：“这并不是二人世界。”

承早不出声。

承欢觉得已经看够，轻轻说：“承早，男人也有名誉。”

承早已有懊恼的神色。

“不过，幸亏是男人，回头也没人会说什么。”

那小孩不肯进卫生间，被带他的保姆斥骂。

“我们走吧。”

“我收拾一下。”

承欢连忙拉住弟弟：“几件线衫，算了吧。”

承早轻轻放下门匙。

承欢如释重负，拉起承早就走。

在狭小电梯里，承欢说：“在这个阶段，你帮不了她，她亦帮不了你。”

承早不出声。

“感情是感情，生活归生活。”承欢声音益发轻柔，“承早，读完书，找到工作，再来找她。”

承早的头越垂越低。

承欢拨弄弟弟的头发："你头脑一向不糊涂，可见这次是真的恋爱了。

承早泪盈于睫，由此可知世上尚有姐姐了解他。

说实话，承欢心中其实也当承早中邪，不过她是聪明人，知道这件事只能哄，不能骂，故一味放软来做，果然生效。

承早低声说："我带你去看她。"

丽玫女服店就在附近一间大厦，步行十分钟便到，承欢视这一区为九反之地，很少来到，此刻小心翼翼抓紧手袋，神色慎重，只是承早没留意到。

小店开在二楼，店里有客人，年轻的老板娘正在忙着招呼。

承欢一看，心中有数。

的确长得出色，高大健壮一身白皮肤。三围分明，笑脸迎人，丽玫二字，受之无愧。

而且看上去，年纪只比承早大三两岁。

她一边把饭盒子里的食物送进嘴里，一边称赞客人把衣服穿得好看。

承欢轻轻说："真不容易，已经够辛苦，你也不要再增加她的负担了。"

"妈不准我见她。"

"这个包在我身上，你先到我处住，同妈讲妥条件才搬回家中。"

承早松一口气。

那汤丽玫一抬头，看到承早，打心中笑出来，可是随即看到有一女生与承早形容亲热，又马上一愣，脸上又惊又疑。

承欢在心中轻轻说：真苦，堕入魔障了。

承早走过去，低声说了几句，汤丽玫又恢复笑容。

承早讲到要跟姐姐回去，她又觉失望。

七情六欲竟叫一个黄毛小子牵着走，承欢不禁摇头叹息。

客人走了，汤丽玫斟出茶来。

店里七彩缤纷都是那种只能穿一季的女服。

汤丽玫颔首："承早你先到姐姐处也是正确做法。"

承欢连忙说："多谢你开导他。"

汤丽玫摊摊手，泪盈于睫："离一次婚，生一个孩子，伯母就当我是妖精了。”

承欢立刻欠身：“她是老式人，思想有淤塞。”

汤丽玫轻轻说：“人难保没有做错一次半次的时候。”

承欢马上说：“离婚不是错误，离婚只是不幸。”

汤丽玫讶异：“你这话真公道。”

承早说：“我一早说姐姐会同情我们。”

承欢保证：“承早在我处有绝对自由，你可以放心。”

汤丽玫忙不迭点头。

承欢想起来：“你要换一个保姆，现在这个不好，孩子不清洁，她还喜欢骂他。”

语气诚恳关怀，汤丽玫一听，鼻子更酸，落下泪来。

承欢把一只手搭在她肩膀上。

然后，她到店外去等弟弟。

这种不幸也似乎是自找的，离婚后仍然不用心处理感情，居然会看中麦承早这种小男孩。

承欢深深叹息。

不到一刻，承早就出来了。

他问姐姐：“我睡你家客厅？”

承欢看他一眼：“厨房浴室都不够大。”

“看，我天生是睡客厅的命。”

在汤家，想必也寄宿在沙发上。

承欢不语。

把弟弟安顿好，她已觉得筋疲力尽。

承早说：“那孩子最可怜，至今尚会问爸爸在哪里。”

承欢问：“该怎么办呢，又不能不离婚。”

承早说：“我们应当感激父母吧。”

“你到今日才发觉。”

“姐，所以你感恩图报。”

承欢感喟：“婚姻这制度与爱情无关，不过它的确是组织家庭抚养孩子的最佳保障。”

父母之间相信早已无爱情存在，可是为着承欢与承早，苦苦支撑。

也许他们品性较为愚鲁，可能环境并不允许他们做非分之想，无论如何，姐弟俩得以在完整家庭内长大。新衣服不多，可是总有干净的替换，饭菜不算丰富，但餐餐吃饱。

成年之后，知道父母彼时做到那样，已属不易。

“不要叫父母伤心”是承欢的座右铭。

失望难免，可是不要伤心。

那压力自然沉重，尤其是在母亲过了五十岁之后，一点小事都坚持伤心不已。

承欢来回那样跑，毛咏欣取笑她："鲁仲连不好做。"

承欢诧异："你还晓得鲁某人这个典故，真不容易。"

"是呀。"毛毛感喟，"还有负荆请罪，孔融让梨，守株待兔，卧冰求鲤……通通在儿童乐园读到。"

"那真是一本儿童读物。"

承欢回到家去邀功，可是麦太太不领情，她红肿着眼睛说："待我死了，承早大可与那女子结婚。"

承欢亦不悦："承早现住我家，还有，他并不打算在近期内结婚，第三，那女子勤奋工作，不是坏人。"

麦太太气愤："别人的女儿都会站在母亲这边。"

"也许，别人的母亲比较讲理？"

麦来添插嘴："承欢，承早一个人气你母亲已经足够，你不必火上烹油。"

承欢叹气："我是一片好心。"

想居功？做梦，仍有好几条罪名等着这个女儿。

事后承欢同毛咏欣说："我自以为会感动天，谁知被打成忤逆儿。”

毛咏欣看她一眼：“你我受过大学教育，年纪在三十岁以下，有一份职业，这样的女性，已立于必败之地，在父母家，在办公室，在男伴之前，都须忍完再忍，忍无可忍，重新再忍。”

承欢问：“没有例外？”

“咄，谁叫你知书识礼，许多事不可做，许多事不屑做，又有许多事做不出。”

承欢顺好友接下去：“既不能解释，又不能抱怨。”

“那，岂非憋死？”

“所以要找一个身材健硕的英俊男伴。”

“这是什么话。”

“年轻、漂亮、浓稠的长发、西装外套下穿那种极薄的贴身长袖白衬衫，爱笑，会接吻，有幽默感……”

“慢着，从来没有人对男伴做这种非分之想。”

毛咏欣反驳：“为什么不能？”

“多数女子要求男方学识好有爱心以及事业有基础。”

“啐，这些条件我自己样样具备，所以你看女人多笨。”

承欢服帖了：“说下去。”

“我为什么不能要求他有一双美丽的眼睛，还有，纤长的手指，V 字型的身材，女人不是人，女人不可贪图美色？”

言之有理。

“女人为什么要甘心同秃顶大肚腩双下巴在一起厮守终身。”

“我最怕秃顶。”

“一发觉他掉头发，即时分手。”

承欢笑得打跌：“好似残忍一点。”

“相信我，老友，他们一发觉女伴有什么差错，即时弃如敝履，毫不容情，绝不犹疑。”

承欢问：“你找到你所要的伴侣没有？”

“我还在努力。”

承欢颔首：“人同此心，所以有人喜欢麦承早。”

承欢瞪好友一眼：“先把经济搞起来，届时要什么有什么。”

“真是，穷心未尽，色心不可起。”

未到一月，承欢便听到街外谣言。

玖·

年纪轻，多些选择，再做决定，
也是应该的，
只不过途中必定会伤害一些人以及几颗心。

一位西报的女记者在招待会后闲闲说："承欢，听说你解除婚约后很快与新男友同居。"

承欢一怔："我与弟弟同居。"

"真的？"对方笑，"听说他十分年轻。"

"他是我亲兄弟。"

"真的？"仍是笑。

承欢只得置之不理。

过一个星期，在茶座碰到辛家亮，他特地过来招呼，一只手亲热地搭在承欢肩上。

承欢见他不避嫌，十分欢喜，连忙握住他的手。

承欢知道有些人在公众场所不愿与同居女友手拉手，好似觉得对方不配，由此可知她没有看错辛家亮。

“承欢，与你说句话。”

承欢与他走到走廊。

她意外地看着他：“什么话？”

辛家亮充满关注：“什么人住在你家？”

他也听到谣言了。

“是承早，你还记得我弟弟叫承早吧。”

“我早就知道是承早，我会替你辟谣。”

“谢谢你。”

承欢想尽快回到座位上去。

“承欢，生活还好吧？”

“尚可，托你的福。”

“有新朋友没有？”

“没有。”承欢温和地说。

辛家亮笑：“不要太把别人与我比较。”

承欢见他如此诙谐，倒也高兴：“可不是，不能同你比，没有人会爱我更多。”

“真的，承欢，你真的那么想？”

“我仍保留着你送的戒指。”

“那是一点纪念。”

承欢瞄一瞄他身后：“你的女伴找你呢！”一回头，承欢拍手，“中计！”

大家一起笑，手拉手走回茶座。

承欢的女友羡慕地说：“原来分手后仍然可以做朋友。”

“可能人家根本尚未分手。”

“也许不应分手。”

“双方都大方可爱之故。”

“辛家亮对麦承欢没话讲，订婚戒指近四克拉，也不讨还。”

“已出之物，怎好讨还。”

“下作人家连送媳妇的所谓聘礼都能讨还。”

“还不即时掷还！”

“当然，要来鬼用！”

众人大笑。

辛家亮临走替承欢这一桌付了账。

“看到没有，这种男友才叫男友。”

“许多人的现役男友都不愿付账。”

“人分好多种呢。”

那日返家，意外地发觉汤丽玫带着孩子来探访承早。

承欢连忙帮着张罗，怕小孩肚饿，做了芝士通心粉一口口喂他，孩子极乖，很会吃，承欢自觉有面子。

汤丽玫甚为感动：“承欢你爱屋及乌。

承欢闻言笑道：“你也不是乌鸦好不好。”

“你对我是真正没偏见。”

“我也希望别人不要嫌我是一名司机之女之类。”

承早在一旁说：“姐姐即使像足妈妈，也无人敢怪她，可是她一点不像。”

承欢先是沉默一下，忽然说：“像，怎么不像，我同妈一般任劳任怨，克勤克俭。”

承早低下头，有点惭愧，他竟讲母亲坏话。

汤丽玫却立刻说：“我相信这是真的。”

“我妈有许多优点，她只是不善处理人际关系。”

大家都不说话。

孩子看着空碗，说还要，承欢为他打开一包棉花糖，然后小心翼翼帮他剪指甲。

汤丽玫十分感动。

她这个孩子来得不是时候，父亲那边无人理睬，她娘家亲戚简直只当看不见他，只得由保姆拉扯着带大，小孩子有点呆，不懂撒娇，也不会发脾气，十分好相处。

难得承欢那么喜欢他。

她又把图画书取出给他看，指着绘图逐样告诉他：“白兔、长颈鹿、豹……”

丽玫落下泪来。

承欢抬头看到，诧异说：“这是怎么一回事，我家天花板落下灰尘来？”

汤丽玫无从回答。

承欢明白了，劝说：“你放心，要成才，终究会成才，没有人阻挡得住，社会自然会栽培他，不用你劳心，假使不是那块料子，你再有条件宠他，烂泥抹不上壁，也不过是名二世祖。”

那孩子十分喜欢承欢，把胖头靠在她膝盖上。

承欢说：“你多来阿姨家玩，阿姨很会照顾小朋友。”

“承欢，你对我们真好。”

承欢笑：“将来上你处买衣服，给个八折。”

汤丽玫也笑：“六折又如何，不过那些服饰不是你格数。”

“真的，我一件深蓝色西装外套穿足三年。”

再过半晌，由承早送她们母子回去。

他们一走便有人打电话来找承早。

声音很年轻很清脆：“麦承早在吗？”

“他出去了，你有什么话可以对我说，我是他姐姐。”

“呵，是姐姐，请你告诉承早待会儿我会迟三十分钟，他不用那么早来接我。”

“你是哪一位？”

“我是程宝婷。”

“好，程小姐，如果他回来，我见到他，自然同他说。”

承欢没想到承早有这样丰富的感情生活。

年纪轻，多些选择，再做决定，也是应该的，只不过途中必定会伤害一些人以及几颗心。

最怕失去承早的人是他母亲。

刚把他带大，可供差遣，可以聊天，他却去侍候旁的不相干的女性，难怪麦太太要妒火中烧。

承早转头回来，承欢说：“王宝婷小姐找你。”

“是程宝婷。”

“嗯，一脚不可踏二船。”

“姐。”承早把头趋过来，“你的话越来越多，不下于老妈。”

“良药苦口，忠言逆耳。”

承早给她接下去：“勤有功，戏无益，满招损，谦受益。”

承欢为之气结。

她不是他母亲，她不必理那么多。

承欢意兴阑珊地对毛咏欣说：“要讨老人喜欢，谈何容易。”

“你不是做得很好吗，令继祖母把全副遗产给了你。”

“可是你看我父母怨言不绝。”

“那是他们的特权，基本上你觉得他们爱你便行。”

“还以为搬了家便功德圆满，已偿还一切恩怨。”

毛咏欣冷笑一声：“你倒想，这不过是利息，本金足够你还一辈子。”

初冬，承欢最喜欢这种天气，某报馆办园游会，邀请麦承欢参加，她征求过上级意见，认为搞好公共关系，义不容辞，于是上级派承欢前往参加。

其实天气不算冷，可是大家都情愿躲在室内。

户外有暖水池，承欢见无人，蠢蠢欲动，内心斗争许久，问主人家借了泳衣，跃进池中。

她游得不知多畅快，潜入池底，冒出水面，几乎炫耀地四处翻腾。

半小时后她倦了，攀上池来，穿上毛巾浴衣，发觉池畔另外有人。

她先看到一个毛茸茸的胸膛，直觉认为那是一个外国人，别转头去，不便多看，她是一个东方女性，无论英语说得多流利，始终保存着祖先特有的腼腆。

那人却说："你好，我叫姚志明。"

承欢看仔细了他，见他轮廓分明，可是头发眼睛却都是深棕色，想必是名混血儿。

"你是麦承欢吧？"

承欢赔笑："你如何知道？"

"闻名已久，如雷贯耳。"

中文程度不错。

"我是《香江西报》的副总。"他伸出手来。

"呵，你便是姚志明，我们通过好几次电话。"

那姚志明笑。

"我一直以为你是华人。"

“家父确是上海人。”

他站起来，承欢从不知道男性的身材也会使她目光贪婪地留恋。

她咳嗽一声：“你还没开始吧，我却想进去了。”

他跃入水中，笑时露出一口整齐牙齿：“一会儿见。”

宽肩膀、光洁皮肤，结实肌肉。

承欢十分震惊，连忙返入室内更衣。

从前，她看男生，最注重对方学历人品职业，没想到，今天，她看的纯粹是人。

她找到《香江西报》的记者便问：“姚志明有无家室？”

“他目前独身。”

“可有亲密女友？”

对方笑：“你指精神上抑或肉体上的？”

承欢笑：“你们说话保留一点可好？”

“相信我，承欢，他不是你那杯茶，志明兄才华惊人，日理万机，可是下了班他是另外一个人，他停止用脑，他纵容肉体。”

承欢不语，心中艳羡，望她可效法。

过一刻天下起毛毛雨来，那才真叫有点寒意，承欢披上外套，向主人告辞。

“为何那么早走？”

“还有点事。”

“我叫人送你。”

“不必，自己叫车便可。”

“那不行，我命司机送你。”

承欢笑笑走到门口。

一辆漂亮的淡绿银底奔驰跑车停在她跟前，司机正是姚志明。

“我是你的司机，麦小姐，去何处？”

承欢有点迷茫，年少老成的她还是第一次遇到这样的人与这样的事。

她看到自己的手放在车门扶手上，那位姚先生下车替她打开车门。

她又发觉自己双腿已经挪进车里。

姚志明对她笑笑，开动车子，那性能上佳的跑车咆哮一声如箭一般飞驰出去。

他并没有把她载回家，车子在山上打转，那毛毛雨渐渐凝聚成一团团白雾。

脸上与头发都开始濡湿，一向经济实惠的麦承欢忽然领受到浪漫的乐趣。

姚志明没有说话，把承欢直载到家门口。

他陪承欢上楼，承欢开了门，转过身来向他道别。他站得老近老近，几乎鼻尖对鼻尖，丝毫没有退后的意思。

他又长得高大，下巴差一点就可以搁在承欢的头顶上。

他轻轻说："我可否再见你？"

"呵，当然可以。"

"那么今夜……"

承欢惊疑："我明早要上班。"

"我也要上班。"

承欢被他逼在墙角："好，今晚。"

"九点我来接你，你先睡一觉，之后，怕没有机会再合眼了。"

承欢笑。

她当然没睡着，可是利用时间刻意打扮过，洗了头发，抹上玫瑰油，换过乔琪纱裙子，为免过分隆重，套件牛仔外套。

她从来没有为辛家亮特别修饰，因为她相信她在他面前，外形不重要。

但这次不同，双方默契，同意脑筋停工，纯是肉体对肉体。

甚至能不说话就不必说话。

像母亲对幼婴，那小儿只是粉红色无知无觉的一团粉，可是肉欲的爱又战胜一切，原始丰盛，为女性所喜。

真是一种奇异透顶的关系。

那夜姚君迟到十分钟，他并没有太准时，门一打开，承欢看到他的笑脸，才知道她有多么想见他。

他穿着长大衣，把它拉开，将她裹在里头。

他把她带到闹市一家酒馆去听爵士音乐。

人挤，位窄，两人坐得极近，有后来的洋女索性坐在男伴膝头上。

姚君的双臂一直搂着承欢，在那种地方，非得把女伴看得紧紧不可。

自始至终，他俩都没有聊天讲心事。

对话简单，像“给你拿杯橘子水？”“不，清水即可。”“我替你取一盘咸牛肉三明治。”“洗手间在何处？”“我陪你去。”回来之际，座位为人所占，只得站在楼梯间。

不久有警察前来干涉人数太多触犯消防条例，吩咐众人离去。

人客嘘声四起。

姚志明拉一拉承欢：“我们走吧。”

承欢依依不舍，走到街外，犹自听到爵士风如怨如慕地在倾诉情与爱。

在车上，他问她：“你在第一个约会可愿接吻？”

承欢笑不可抑，像是回到十六岁去。

她一本正经回答：“不。”

姚志明耸耸肩：“我们明天再谈。”

已经很晚了，承欢不舍得看手表，怕已经凌晨，会害怕第二天起不来。

“早上来接你。”

轻轻开门，看到承早已在沙发上睡着。

连他都已经回来，由此可知肯定已经是早上了。

承欢悄悄进房，倒在床上，发觉不知怎的，移花接木，姚君的一件大衣已经在她身上。

她窃笑，他衣柜里一定有一打以上的长大衣，哪位女士需要，穿走可也。

她合上眼，睡着了。

不知什么时候，听见闹钟响，惊醒，却是电话。

承早惺忪地在门口说：“姐，找你。”

是姚志明。

“你在什么地方？”

“在门口。”

“给我十分钟。”

承欢跳起床来淋浴更衣，结果花了十五分钟，头发湿漉漉赶下楼去。

他买了热可可与牛角面包等她。

承欢忽然紧紧拥抱姚君，嗅到他身上药水肥皂的香味。

他不想她有时间见别人，他自己当然也见不到别人，事情就这样决定了。

在接着的一个月内，承欢的睡眠时间不会超过数十小时。

承早发觉小公寓几乎完全属于他一人，姐姐早出晚归，二人已无机会见面，有事要打电话到她公司去。

然后，他听说姐姐同一个外国人来往。

他还辩白曰："不不，她不会的。"

汤丽玫讶异："外国人有什么不对？"

一日临下班，毛咏欣上来看好友。

她吓一跳："怎么回事，承欢，你瘦好多。"

承欢无奈："忙。"连自己都为这借口笑了。

"那外国人是谁？"

承欢答："他不是外国人，他叫姚志明。"

"有些外国人叫卫奕信、戴麟趾、麦理浩。"

"他确有华人血统。"

"拿何国护照？"

承欢放下文件夹子，想一想："我不知道，我从来没问过，我不关心。"

毛咏欣张大眼睛："你在恋爱？"

"对于这点，我亦不太肯定，抱歉未能作答。"

毛咏欣问："你可快乐？"

承欢对这个问题却非常有把握："那也不用去说它了。"

毛咏欣艳羡不已："夫复何求！"

承欢微笑。

“有无定下计划？”

承欢老老实实回答：“我连他多大年纪，收入多寡都不知道，并无任何打算。”

过一两日，麦太太叫她回家。

“承欢，很久没看到你。”

这是真话。

“今晚回来吃饭。”

“今晚我——”

“今晚！”

姚志明知道后毫不犹豫地说：“我在门口等你。”

“可能需要一段时间。”

“不要紧。”

一进门，麦太太便铁青着面孔：“你与外国人同居？”

承欢愕然：“没有的事。”

“承早，你出来与姐姐对质。”

承欢不相信双目双耳：“承早，你这样报答我？”

麦来添劝道：“大家坐下谈，别紧张。”

“是不是外国人？”

承早说：“那么高大英俊，还不是外国人？我十分担心。”

麦太太精神绷到极限：“承欢，我女儿不嫁外国人！”

“嫁？没有人要娶我。”

“什么，他还不打算娶你？”

承欢取过外套：“我有事先走一步。”

“慢着。”

“承早，你找地方搬吧，我不留你了。”

“姐，你别误会，我是关怀你。”

“太多口惠，太多街坊组长，太多约束，我的权利与义务不相称。”

承欢取过外套奔下楼。

一眼便看到姚志明的车子缓缓兜过来。

她跑过去，拉开车门便上车。

“你并没有叫我久候。”

承欢转过头来，微笑问：“你处，还是我处？”

她知道，麦承欢做一个乖女儿，到今天为止。

事情并非不可告人，也不是不能解释，事实上三言两语便可叫母亲释嫌。

姚君是上海人，有正当职业，学识与收入均高人一等，未婚，他们不是没有前途的一对……

可是承欢已决定这一次，她不会再让母亲介入她与她男伴之间。

这纯是她麦承欢的私事，她没有必要向家人交代男伴的出身、学历、背景。

母亲需索无穷，咄咄逼人，她每退一步，母亲就进攻一步。

她若乖乖解释一番，母亲便会逼她把他带返家中用大光灯照他。

并且做出倨傲之状，令他以及女儿难做。

为什么？行为怪僻是更年期女性特征，无须详细研究。

反正麦承欢认为她将届而立之年，生命与生活都应由自己控制，不容他人插手。

母亲寂寞了那么多年，生活枯燥得一如荒原，看到子女的生活丰盛新奇鲜蹦活跳，巴不得事事加一脚，最想做子女生活中的导演，这样，方可弥补她心中不足。

可是，麦承欢不是活在戏中，她不需要任何人教她下一次约会该怎么做。

当然，母亲会把她这种行为归咎于不孝。

承欢仰起头，就不孝好了。

不是没有遗憾，不是不惆怅，而是只能如此。

上四分之一世纪，麦承欢事事照顾母亲心事，以母亲心愿为依归。

今日，她要先为自己着想。

太多太多次，母亲缠着她要钱、要时间、要尊重、要关注。

严格来说，母亲不事生产，专想把生命寄托在子女身上。

以往，承欢总是不舍得同她说："管你自己的事。"

现在，承欢知道她的好时光也已然不多。

她对毛咏欣说："一下子就老了。"

"老倒未必，而是明年后年长多了智慧，价值观想必不同，许多事你不屑做，也就失去许多乐趣，真的到年纪大了，一点回忆也无。"

承欢叹口气。

"你与姚志明的事传得很厉害。"

"那多好，这叫绯闻，不是每个女子都有资格拥有绯闻。"

毛咏欣并不反对，微笑道："没想到你轻易得到了我的奢望。"

承欢看着她："不，你比我聪明，你可以衡量出这件事不值得做。"

"值与不值，纯是当事人的感觉。"

承欢颔首，同聪明人对话，真是享受。

"这件事对你来说，真是迈出人生一大步。"

承欢说："姚志明就是看中我这一点，他终于俘虏了一个循规蹈矩的好女孩。"

"当你变得同他其他女友一般不羁之际，情况会有改变。"

"那是一定的事，可是目前我觉得享受。"

毛咏欣看着她："你不怕名誉变坏？"

承欢哑然失笑："大不了我再也找不到第二个辛家亮。"

"当心你会伤心。"

"那当然是必须付出的代价。"

"价值观尚逗留在世纪初的伯母怎么想？"

"我要是处处注意她怎么想，她自然想法多多，若完全不去理她，她的想法与我何干。"

“可是，母女关系一定大坏。”

“我有我自己的路要走。”

“姚志明好像结过一次婚。”

“是吗，告诉我更多。”

“你没有问他？”

承欢大胆地说：“接吻还来不及，谁问这种不相干的无聊事。”

毛咏欣羡慕得眼珠子差些掉出来。

其实麦承欢没有那么不堪，她与姚志明之间也有属灵的时候。

像一日两人坐在沙滩上，他忽然说：“昨天我在某酒会碰到一个人。”

“啊。”

“他的名字叫辛家亮。”

承欢微笑：“你们可有交谈？”

“他是一个有趣的人，特地走到我面前自我介绍，并且表示他曾是你未婚夫，又叫我好好照顾你。”

“你如何回答？”

“我说我会尽量做到最好。”

“谢谢你。”

“接着他给我一杯白兰地，暗示给我知道，你俩之间，并无肉体关系。”

承欢扑哧一声笑出来。

姚志明大惑不解：“怎么可能，那真是一项成就，你们订婚多久？”

承欢凝视他：“如果今夜你讨得我欢心，我或许会把秘密一一告诉你。”

姚志明把承欢搂在怀中，下巴放在她头顶上，

“你是真爱他，你不过是贪图我的身体。”

“难为你分得这么清楚。”

“我被利用了。”他微笑。

“有一本文艺小说，叫作《欺骗与遗弃》。”

“那是我的写照吗？”

承欢温柔地说：“当然不，我只是随口说说。”

“承欢，或者我们俩应当结婚。”

承欢吓一跳：“你竟想我同你结婚？”

“这算得是奢望？”

“咄，你的过去那么复杂，阅历如此丰富，哪里还配

结婚！”

姚志明微笑：“但是我可以使你快乐。”

“这是一个很大的引诱，不过，既然现在我已得到我所需要的一切，我又何必同你结婚？”

姚说：“我不该一上来就投怀送抱，让你为所欲为。”

“所以守身如玉也有好处。”

她笑：“看到你，谁还看得住自己。”

麦承欢仍然不知他明年有无机会升级，抑或到底有无结婚，可是，这还有什么重要呢。

他们在一起是那么开心。

这一切伎俩，姚志明一定已经用过无数次，但是对麦承欢来说，仍然是新鲜的。

承欢已经不大回家去。

轮到承早到办公室来找她：“姐，你搬了家应该通知家人。”

“对，你好吗？汤丽玫好吗？”

“我俩已经分手。”

承欢点点头，这也是意料中事，忽然想起来：“那孩子呢？”

“仍然由保姆带，还是常常哭泣。”

“你现在哪里住？”

“宿舍。”

承欢掏出一沓钞票轻轻塞进他的裤袋。

承早说：“我都没有去过你的新家。”

“有空来看看，地方相当宽大，问政府借了一大笔钱，余生不得动弹。”

“姐，你真有本事。”

“承早，我一直看好你。”

“可是你与家里的距离越来越大。”

承欢不语。

“张老板退休，爸也不打算再找新工作。”

“他是该休息了。”

“很挂念你。”

承欢微笑：“子女总会长大，哪里还可以陪他看球赛吃热狗。”

“偶尔……”

承欢答：“是，偶尔，可是，忙得不可开交，想休息，怕问长问短。”

承早说：“我明白。”

“有许多事，不想解释、交代、道歉。”

“最惨是道歉。”

“是，生活对年轻人也很残酷，在外头碰得眉青鼻肿，好不容易苟且偷生，还得对挑剔的老人不住致歉：对不起我不如王伯母女儿争气，不好意思我没嫁入豪门，真亏欠我想留下这三千元做自己零用……人生没意义。”

承早摸一摸口袋中厚厚的钞票：“我明白，我走了。”

承欢送他出去。

她身边也不是常常有那么多现款，不过知道弟弟要来，特地往银行兑给他。

他这种年纪最等钱用。

下班前姚志明一定拨电话给她。

这一天麦承欢没有等他，自顾自溜了出去。

华灯初上，街上人群熙来攘往，承欢夹杂在其中，如鱼得水。

她看了一会儿橱窗，喝了一杯咖啡，觉得十分轻松，回家与一男子同一部电梯。

那位男士忽然问：“你可是麦小姐？”

承欢连忙笑问："你是哪一位？"

"我叫简国明，我们见过面，政府宣布——那次——"

承欢唯唯诺诺。

"你住七楼？"

"是。"

"我在十二楼甲座。"

承欢笑："与父母住？"

"不，我独居。"停一停，"你呢？"

"我也一个人。"

"有空联络。"立刻写下电话给她。

他看她进门口。

承欢说："有空来坐。"

她只看到简君一身西服十分名贵熨帖。

甫进门就听见电话铃不住响。

承欢取起听筒："这倒巧，我刚进门。"

"我不停打了有一小时了。"

承欢朝自己挤挤眼："姚志明，你已堕入魔障。"

"我知道。"姚志明颓然，"以往，都是女性到处找我。对，你到什么地方去了？"

“我回父母家。”承欢不想交代，好不容易争取到自由，怎么会轻易放弃。

“呵，承欢膝下。”

“可不是。”

图书在版编目（CIP）数据

承欢记 /（加）亦舒著 .—长沙：湖南文艺出版社，2017.7
ISBN 978-7-5404-8117-9

Ⅰ．①承… Ⅱ．①亦… Ⅲ．①长篇小说－加拿大－现代 Ⅳ．①I711.45

中国版本图书馆 CIP 数据核字（2017）第 122134 号

上架建议：畅销 · 小说

CHENGHUAN JI
承欢记

作　　者：［加］亦舒
出 版 人：曾赛丰
责任编辑：薛　健　刘诗哲
监　　制：毛闽峰　赵　萌　李　娜
特约监制：刘　霁　郑中莉
策划编辑：李　颖　沈可成　谢晓梅
文案编辑：邱培娟
营销编辑：贾竹婷　雷清清
封面设计：张丽娜
版式设计：李　洁
出版发行：湖南文艺出版社
（长沙市雨花区东二环一段 508 号　邮编：410014）
网　　址：www.hnwy.net
印　　刷：北京鹏润伟业印刷有限公司
经　　销：新华书店
开　　本：775mm × 1120mm　1/32
字　　数：162 千字
印　　张：8
版　　次：2017 年 7 月第 1 版
印　　次：2017 年 7 月第 1 次印刷
书　　号：ISBN 978-7-5404-8117-9
定　　价：38.00 元

质量监督电话：010-59096394
团购电话：010-59320018